그래도 인생 별거 있다

그래도 인생 별거 있다

한시에서 찾은 삶의 위로   김재욱

메디치

올해 팔순을 맞이하신 아버지
삼림(森林) 김중겸(金重謙)님께
감사의 마음을 담아 이 책을 드립니다.

책을 펴내며

가끔 어렸을 적 함께 지냈던 친구와 만난다. 만날 때마다 요즘 사는 이야기를 하다가 자연스레 어릴 적 일을 떠올린다. 옛일은 하나밖에 없으니 늘 같은 이야기를 하는 셈이다. 내용도 뻔하다. 우리 둘을 둘러싸고 일어났던 잡다한 일이 대부분이다. 어디 우리 둘만 그런가. 동창회에서 친구들을 만나도 마찬가지다. 옛이야기를 하며 웃고 떠든다.

나는 이러지 않을 줄 알았다. 어릴 적엔 내 또래였을 어른들이 지금의 우리와 같은 모습을 보이는 걸 이해하지 못했다. 그걸 나쁘게 본 건 아니다. 없는 시간을 내서 오랜만에 만나면서 굳이 똑같은 이야기를 할 필요가 있을까 생각했을 뿐이다. 내가 어른이 되면 저러지 말아야지 했는데 나도 이러고 있다.

왜 그랬고 왜 그러고 있을까. 이 책을 쓰면서 그 이유를 찾아보려 했다. 나는 책에 들어 있는 서른여덟 꼭지 중 아주 많은 지면을 나의 옛날이야기로 채워 두었다. 내 말만 하면 일기처럼 될까 봐 내 생각을 뒷받침해 줄 수 있는 옛사람의 한시를 섞으며 글을 풀어 나갔다. 신기하게도 고려와 조선 시대 사람들의 마음도 나와 크게 다르지 않았다. 사람은 각각 다르기에 내 글에 모두 공감하긴 어렵겠지만, 고개를 끄덕이는 지점이 분명 있으리라 믿는다.

쉰 살이 넘었으니 이제 중년의 중반 정도를 살았다고 볼 수 있다. 사람들은 대부분 이 나이가 되면 세상이 어떻게 돌아가는지 알 것이라고 생각한다. 사실 나는 잘 모르겠다. 내가 살아온 건 과거이고, 내일은 무슨 일이 일어날지 알 수 없는데 그걸 어떻게 알 수 있다고 하는지 이해할 수 없다. 이래서 나는 나이가 적은 사람들에게 '세상은 이렇다'는 말을 하지 못한다. 앞으로 무언가 알게 되었다는 생각이 들어도 하지 않을 생각이다.

이런 생각을 책에 담으려 했다. 옛사람의 진중하고도 사려 깊은 글을 통해 누군가에게 교훈을 주려 하지 않았다. 옛사람들의 마음도 나와 크게 다르지 않았다는 걸 확인하면서 안심하려 했다. 현재 위대한 문장가, 사상가로 알려진 사람들도 나처럼 어떻게 살아야 할지 몰라서 고민했고, 지난날을 떠올리며 온갖 상념에 젖었다. 이 책에는 인생을 사는 방법에 대한 정답이 들어 있지 않다.

내가 보기에 한시를 사용해서 쓴 책의 대부분은 한시 자체에 주목하여 서술을 전개하는 경향이 짙었다. 이 책도 그런 흐름에서 크게 벗어났다고 할 수는 없지만, 반드시 설명이 있어야 시를 이해할 수 있는 경우에만 해설을 붙였다. 본문에도 한자보다 한글 풀이를 위에 두어 쉽고 빠르게 읽힐 수 있도록 했다. 편하게 감상하면서 자유롭게 생각해 보았으면 한다. 한문학을 전공한 사람이 본다면 이 점이 맘에 들지 않을 수 있겠지만, 전공하지 않은 사람들은 한자를 보는 것만으로 읽어 내려가는 데 불편함을 느낄 수 있다는 점을 알아주었으면 한다.

열한 번째 책을 낸다. '10'은 완성된 숫자다. 다시 '1'부터 시작한다는 마음가짐으로 이 책을 썼다. 그전까지는 원고를 쓰는 과정에서 잘 써야 한다는 강박에 시달렸지만, 이번에는 예전처럼 심하진 않았다. 글 쓰는 경험이 조금 쌓인 덕분인지 오로지 처음 쓸 때의 설렘만으로 원고를 썼다. 내용의 경중에 불구하고 독자 여러분께 나의 설렘이 전해졌으면 좋겠다.

세상에 혼자서 크는 사람은 한 명도 없다. 지금껏 글을 쓰며 살 수 있도록 뒷받침해 주신 부모님, 글만 쓰는 못난 사위를 늘 아껴 주시는 장모님의 은덕에 늘 송구하고 감사한 마음을 지니고 있다. 이 책을 보신다면 누구보다 좋아하셨을 장인어른이 세상에 계시지 않다고 생각하니 눈물이 난다. 초고를 처음부터 끝까지 읽고 의견을 내준 아내 소영이와 딸아이들에게도 고마운 마음을 전한다.

책에 수록된 시는 대부분 한국고전번역원의 고전국역총서에서 뽑았다. 번역하신 선생님들의 노고에 감사 드린다. 시를 보다 막히면 이남면 박사에게 전화로 물어봤다. 바쁜 와중에도 성의를 다해 가르쳐 주었다. 나와 이 박사는 고려

대학교 박성규 선생님께 배운 동문이다. 이 박사는 이렇게 진보했는데 나는 여전히 여기에 머물고 있어 선생님께 늘 송구한 마음을 지니고 있다.

글재주가 전혀 없는 후배인데도 따뜻하게 감싸며 하나하나 가르쳐 주신 명지고등학교 문예부 형들, 못 쓴 글을 보면서도 공감하는 것을 넘어 격려를 아끼지 않은 고려대학교 한문학과 송혁기 교수와 이태화 선생이 떠오른다. 형들을 믿고 지금껏 글을 써 왔다. 감사의 마음을 전한다.

조국 교수님과는 사십 대 초에 인연을 맺었다. 내 글을 좋아해 주셨고 격려를 아끼지 않으셨다. 여러분께 내 글을 권하고 알려 주셨다. 대중 독자들과 만날 수 있게 된 건 다 교수님 덕분이다. 누가 뭐라 해도 내게는 큰 은인이다. 감사의 마음을 담아 조국 교수님을 염두에 두고 쓴 글도 책에 실었다. 조국 교수님이 하루빨리 긴 터널을 지나기를 바란다.

모쪼록 이 책이 독자 여러분의 마음에 와닿길 바라며, 여러분 댁내에 건강과 행운이 함께 하기를 진심으로 기원한다.

2023년 여름, 집 근처의 작은 카페에서
김재욱

존재와 자연

예전 놀았던 곳을 찾아와
작은 시냇가에 앉아 있는데
물은 얕아 모래 흔적 드러나고
하늘은 비어 기러기 그림자 가까이 보여
마을에 불 때는 연기 잦아들 무렵
가을빛 물든 온 산에 석양이 비춘다

물은 얕아
모래 흔적 드러나고

1982년 초등학교 5학년 때 경북 영주에서 서울 서대문구로 이사를 왔다. 그전엔 어른들을 따라 서울에 몇 번 와 본 게 전부였다. 으리으리한 빌딩, 도로 위를 달리는 수많은 자동차, 사람들로 북적거리는 시장을 봤을 때 '이렇게 복잡한 곳에 어떻게 사람이 살지?'라고 생각했다. 그러면서도 창경원 (현재 창경궁)과 어린이대공원에 있는 놀이기구를 보면서 서울에 사는 아이들은 참 좋겠다는 생각을 했다.

　놀이기구는 좋았지만 서울에 살고 싶다는 생각이 들지는 않았다. 동네 친구들과 헤어지는 건 둘째 치고 너무 복잡해서 싫었다. 게다가 가끔 뉴스를 통해 서울은 대기오염이 심하다고 하고, 수질도 나쁘다고 하는 걸 봐서 서울에 대한 막연한 선입견 같은 게 있었던 것 같다. 서울로 이사 간다는 소리를 들었을 때 새로운 곳으로 가는 거니까 좋겠다는 생각이 없진 않았지만 막막함이 더 많았다.

홍연초등학교로 전학을 했다. 산속에 있는 학교였고 수 돗가에는 산에서 나오는 약수가 흘렀다. 전교 인원은 오히려 영주에서 다니던 학교보다 적었다. 서울에도 이런 곳이 있다니. 산을 올라야 하는 게 힘들었지만 마음에 들었다. 얼마 전 우연히 이곳을 지나간 적이 있는데 학교 건물만 그대로 있고, 주변 풍경이 모두 변해 버린 걸 보고 격세지감을 느꼈던 기억이 난다.

사는 집은 매우 좁아졌지만 환경은 나쁘지 않았다. 서울도 사람이 살 수 있는 곳이구나. 이제 놀 수 있는 곳을 찾아봐야지. 영주에서 친구들과 물놀이를 했던 냇가를 먼저 떠올렸다. 낙동강의 지류인 내성천(乃城川) 줄기인데 어린 우리는 이곳을 '냇가'라고 불렀다.

여름이 오면 많은 아이가 이곳에 와서 놀았다. 가끔 수영복을 입은 아이가 있긴 했지만 대부분 아무것도 입지 않고 물놀이를 했다. 강둑에 옷을 벗어 놓고, 물놀이를 끝내면 햇볕에 몸을 말린 뒤에 다시 옷을 입고 집으로 갔다. 물이 맑고 깨끗했기 때문에 집에 와서 따로 목욕을 할 필요도 없었다.

서울 친구들은 어디엔가 개천이 있다고 했다. 이곳이 홍제천(弘濟川)이라는 걸 나중에 알게 되었다. 잔뜩 기대하고 그 개천이라는 곳에 갔다. 영주에서처럼 아이들과 놀 수 있겠지. 밝은 햇빛, 맑은 물, 하얀 모래, 내가 기대했던 냇가는 그런 곳이었다. 그러나 이곳은 달랐다. 개천 안에는 이름 모를 수초들이 수북이 자라고 있었다. 물이 흐르긴 했는데 양이 적었을 뿐더러 물빛이 검었다. 도저히 물이라고 할 수가 없었다. 악취도 심했다. 장마가 오면 검은 흙탕물이 넘실거렸다. 옆에 있던 친구에게 말했다.

"무슨 물이 이렇게 더럽냐?"

친구가 대답했다.

"옛날에는 깨끗했어. 어릴 때 애들하고 수영하고 놀았거든."

지금 생각하면 참 우습다. 열두 살 어린아이가 '옛날'이라고 하다니. 어쨌든 한 가지 확인한 건 있다. 서울 아이들도 나처럼 냇가에서 놀았구나. 이후엔 모두 수영장으로 갔겠지만 내 또래들은 모두 물놀이 하던 개천에 대한 추억이 있을 것이다.

송천에서 쉬며

도시를 나서니 속된 생각 사라지고
쓸쓸한 들판 빛은 그윽하다
예전 놀았던 곳을 찾아와

작은 시냇가에 앉아 있는데
물은 얕아 모래 흔적 드러나고
하늘은 비어 기러기 그림자 가까이 보여
마을에 불 때는 연기 잦아들 무렵
가을빛 물든 온 산에 석양이 비춘다

出郭消塵慮(출곽소진려) 蕭條野色幽(소조야색유)
來尋舊遊處(내심구유처) 坐傍小溪流(좌방소계류)
水淺沙痕見(수천사흔견) 天空雁影遒(천공안영주)
村閣煙火歇(촌염연화헐) 落日萬山秋(낙일만산추)
―「憩松川(게송천)」, 『樂全堂集(낙전당집)』 권2

선조(宣祖)의 부마이자 조선의 명문장가 상촌(象村) 신흠
(申欽, 1566~1628)의 아들인 낙전당(樂全堂) 신익성(申翊聖,
1588~1644)의 시다. 아래의 네 구를 보면 머릿속에 멋진 풍
경이 떠오른다. 신익성이 무슨 일로 이곳에 왔는지, '예전에
놀았던 곳'의 '예전'이 어린 시절인지 장성한 뒤인지 알 수 없
고, 이곳에서 무슨 생각을 했는지도 모르지만, '도시를 나서
니 속된 생각이 사라진다'고 한 것으로 보아 자신의 주변을
둘러싼 복잡한 일을 잊고 싶어서 이곳을 찾은 것이 아닐까
짐작해 본다.

18

신익성은 살면서 참 많은 일을 겪었다. 임진왜란(1592)이야 어릴 적이라서 기억이 나지 않는다고 쳐도 정묘호란(1627)과 병자호란(1636)을 겪었다. 병자호란이 발발했을 때는 인조를 모시고 남한산성까지 함께 갔는데 청나라와 끝까지 싸우기를 주장하는 이른바 척화(斥和)의 편에 선 덕분에 전쟁이 끝난 후에 심양(瀋陽)까지 끌려가서 고초를 겪었다. 이 외에도 누나와 아내가 자신보다 먼저 세상을 떠나는 등 굴곡이 많은 삶을 살았다.

이런 배경을 알고 이 시를 읽으면 조금은 달리 보이는 게 있을 것이다. 고즈넉한 곳에서 쉬면서 이처럼 아름다운 시를 남겼지만 바탕에는 고단한 삶이 있는 것이다. 아래의 네 구로 표현한 풍경은 알고 보면 평범하다. 누가 시키지 않아도 물은 흐르고, 세상에 무슨 일이 일어나든 말든 기러기는 제 갈 길을 간다. 사람들도 그 속에서 시간을 보내며 살아간다. 신익성은 이런 평범한 일상을 그리워하지 않았을까?

신익성처럼 역사의 한가운데에서 큰일을 겪으며 살아 오진 않았지만 변하지 않을 거라고 생각했던 것이 변하고, 당연했던 일들이 더 이상 당연하지 않은 일상을 산다. 언제라도 다시 어릴 적 놀았던 내성천에 가면 그 풍경이 남아 있을 것이라 믿었고, 여름이 오면 내가 그랬던 것처럼 지금의 어린아이들도 그곳에서 놀 것이라 생각했다. 냇가에서 놀다가 날이 저물면 동네 집집마다 있던 굴뚝에선 연기가 났고 저무는 석양 속 하늘에는 샛별이 반짝거렸다. 그곳을 기러기가 열을 지어 날았다. 신익성의 시에 나오는 풍경과 거의 비슷했다.

이젠 어디에도 어릴 적 보았던 그 풍경은 남아 있지 않다. 물론 냇가에서 물놀이를 하는 아이들도 없다. 하천 정비가 잘되어서 홍제천은 맑아졌고, 내성천 역시 옛날의 그 길로 가고 있지만, 옛 모습은 모두 사라져 버렸다. 여기까지 생각하니 조금은 서글픈 마음이 일어난다. 어쩔 수 없다. 내가 나이 들면서 변하는 것처럼 세상도 옛날과 같을 수는 없지 않은가. 똑같기를 바라는 건 내 욕심일 뿐이다. 옛 모습은 이젠 없지만 옛 기억은 이제라도 남아 있으니 됐다. 어떤 때는 이런 아련함이 살아가는 힘이 되기도 한다.

흩날리는 향기
뜰을 덮는다

옛날 우리 집 마당은 아주 넓지는 않았지만 꽃과 나무가 있었다. 지붕과 대문을 연결하는 포도 넝쿨이 마당을 가로질렀다. 여름날에는 그늘 아래에 들마루를 놓았고, 그 위에 서서 손을 뻗어 포도를 따 먹기도 했다. 이 집에 살 때는 포도를 사 먹어 본 적이 거의 없다. 대문을 바라보면서 왼쪽에는 대추나무가 있었다. 까칠까칠한 껍질로 된 대추나무 아래는 어린 내가 오줌을 누는 곳이었다. 오줌은 좋은 거름이 된다고 들었다.

대추나무 옆에는 언제부턴가 큰 나무가 저절로 생겼다. 어른들은 이걸 오동나무라고 했다. 옛사람들은 오동나무가 다 자라면 그걸 베어서 시집가는 딸에게 장롱을 짜 주었다고 한다. 그 나무를 보면서 네 살 연상인 누나가 시집가는 모습을 떠올려 봤다. 장롱은 사는 거지만 그때엔 그런 줄 몰

랐고 저 나무를 베어 누나 시집갈 때 장롱을 짜 주겠구나 생
각했다.

잎이 큰 오동나무는 무척 빨리 자랐던 것 같다. 얼마 지
나지 않아 대추나무보다 커졌다. 멀리서 우리 집을 볼 때 오
동나무부터 보였다.

두 그루 나무 밑에는 채소를 심어 놓았다. 작은 텃밭이
었던 셈인데 여기에 토끼 집을 놓아두었다. 암수 한 쌍을 한
집에 넣고 키웠는데 내가 제대로 키우지 못해서 암놈이 새
끼를 낳고 죽어 버렸다. 죽어 있는 어미, 꼬물꼬물 살아 움
직이는 새끼를 보면서 어쩔 줄 몰라서 허둥거렸다.

　　사계화

　　옛 잎 떨어지고 새잎 돋으니
　　잠시 시들하다 홀연 꽃이 피었다
　　가지 가득 붉은 꽃에 아침 해 비추니
　　흩날리는 향기 뜰을 덮는다

舊葉凋零新葉生(구엽조령신엽생) 暫時憔悴忽敷榮(잠시초췌홀부영)
滿枝紅萼輝朝日(만지홍악휘조일) 香氣紛紛襲戶庭(향기분분습호정)
　—「四季花(사계화)」,『桐溪集(동계집)』권1

조선 선조(宣祖)에서 인조(仁祖) 시기에 살았던 문인 동계(桐溪) 정온(鄭蘊, 1569~1641)의 시다. 사계화는 5월에서 가을까지 꽃을 피운다고 하니 이 시기 내내 정온은 꽃향기 속에서 살았을 것이다. 임진왜란과 병자호란을 겪으며 동분서주했고, 일생을 정파 싸움의 중심에 있었지만 이 뜰 안에서 평온함을 얻었을 것 같다.

한편 이 사람의 삶의 궤적을 감안하며 이 시를 읽어 보면, 이 사계화처럼 나날이 새로워지고, 시들하다 꽃을 피우는 것처럼 고난을 이겨내며, 꽃향기가 뜰을 덮듯 세상에 영향을 주고자 하는 마음을 담았다고 볼 수도 있겠다. 선비들은 대부분 사물 안에 자신의 의지를 담기 때문에 그렇다.

나는 시를 읽으면서 어린 시절 우리 집 마당을 떠올렸다. 시에는 사계화가 등장하고 그 향기가 뜰 안에 가득했다고 했지만, 나는 텃밭과 마당을 구분하기 위해 땅에 박아 둔 작은 벽돌 밑에 줄지어 피어 있던 채송화가 생각났다.

채송화 앞에 한참을 쪼그리고 앉아서 보다가 꽃잎과 줄기를 뜯어서 손에 묻혀 보기도 했다. 분홍빛, 붉은빛, 노란빛 꽃잎에 푸른빛 줄기의 색이 그럴듯하게 섞이는 걸 보면서 자연스럽게 마당의 일부가 되었던 것 같다. 그때부터 지금까지 나의 꽃은 채송화다.

대문을 바라보며 오른쪽 담장엔 호박 넝쿨이 있었다. 이 호박이 오른쪽 담장을 지나 화장실 지붕까지 뻗어 있고 마당 안쪽으로도 드리워졌다. 지금 생각하면 참 신기한 것이 호박 넝쿨이 담장 밖으로도 나갔는데 그쪽에는 호박이 몇 개 없었고 마당 쪽에 많았다는 사실이다. 언젠가 부모님께 여쭤봐야지 생각만 하고 여쭤보지 못했다.

담장 안쪽에는 해바라기도 몇 무더기 있고 보라색 나팔꽃 넝쿨도 있었다. 이쪽 담장 밑에도 식용 작물과 옥수수도 몇 그루 심어 두었다. 이 자리엔 원래 돼지우리와 닭장이 있었는데 헐어 버렸다. 마당의 오른쪽엔 작은 밭이 있었다. 외곽엔 고추와 가지가 자랐고, 안쪽은 모두 토란이 차지했다. 토란 잎은 무척 커서 이 안에 들어가 숨으면 아무도 나를 찾지 못했다. 비 오는 날 마루에 앉아 토란 잎에 비가 떨어지는 소리를 듣고 있으면 그렇게 즐거울 수가 없었다.

갠 뒤에 즉흥적으로

개려 하나 개지 않았고
아침 안개 기운 산기슭에 감돈다
숲 사이엔 인적 드물고
뜰에는 새소리만 가득하다

欲晴晴末了(욕청청말료) 朝靄在山阿(조애재산아)
林間人迹罕(임간인적한) 庭畔鳥聲多(정반조성다)
—「晴後卽事(청후즉사)」, 『桐溪集(동계집)』 권1

내가 살았던 경북 영주는 1980년에 시로 승격되었다. 시골
이라 할 수는 없는 곳이었지만, 시골 풍경이 꽤 남아 있기도
했다. 높은 건물이 없어서 담장 너머 저 멀리 소백산 줄기가
보였다. 집 밖에는 넓은 논이 있었다. 봄여름엔 개구리 소리
가 끊이지 않았고, 매미와 귀뚜라미가 계절을 알려주었다.
가을이 오면 마당에 오동잎이 날아다니고 포도나무 잎사귀
도 말라서 떨어졌다. 이런 모습을 보며 어린 나는 계절의 변
화를 배웠다.

　언제인지는 모르지만 어떠했는지는 생생히 떠오른다. 아
침에 일어나면 장독대 앞에 있는 수돗가에서 세수를 해야
했는데 어느 날인가 안개가 심하게 껴서 한 치 앞도 볼 수
없었다. 가까이 있는 대추나무도 오동나무도 보이지 않을
정도로 뜰 안은 안개로 가득했다. 그때의 느낌이 어땠는지
모르겠다. 정온의 저 즉흥시를 보면서 그랬을지도 모르겠다
는 생각이 들 뿐이다. 가라앉는 느낌은 분명 아니었다. 시에
서는 새소리가 났고, 내 어린 시절 속 대문 밖에선 친구의
목소리가 들렸기 때문이다.

"재욱아, 학교 가자."

요즘에도 마당이 있는 집이 적지는 않지만 옛날과 비교해 보면 크게 줄어들었다. 특히 도시에는 아파트를 비롯한 다세대 주택이 많아서 마당이 있는 집을 찾기 쉽지 않다. 당장 나부터 그렇게 살고 있다. 서울로 이사 온 이래 지금까지 마당이 있는 집에 살아 보지 못했다.

옛날엔 대부분 집집마다 크고 작은 마당이 있었다. 이래서 옛사람들의 글을 보면 마당에 여러 가지 식물을 심어 놓고 기르는 이야기가 많이 나온다. 어떤 식물을 주로 심었는지 정확하게 통계를 내기는 어려운데 매화, 국화, 대나무가 높은 비중을 차지하는 것으로 보인다. 이 외에도 다양한 화초와 식용 작물도 자주 등장한다.

매화와 국화는 선비의 고아한 마음을 상징하고, 대나무는 곧은 마음이나 변치 않는 절개를 상징하는 대표 식물이다. 이렇게 보면 마당은 단순히 집에 붙어 있는 공터가 아니라 집주인의 취향이나 생각이 담긴 공간이라고 할 수 있겠다. 마당은 장소이되 장소 이상의 의미를 지닌 곳이었다. 내게도 마찬가지였다. 마당은 늘 그 자리에 당연히 있으면서 자연을 배우고 느끼는 곳이기도 했다.

그 마당은 이제 없지만 그때의 마당은 내 추억 속에 여전히 있다. 채송화를 좋아하게 해 준 곳, 막연하나마 죽음이

어떤 것인지 보여 준 곳, 어울림과 조화를 느끼게 해 준 곳,
계절의 변화를 가르쳐 준 곳, 지금 나에게 눈물을 흘리게 해
준 곳. 그 마당이 그립다.

시간은 이제 점점
짧아지는데

부모님께 가끔 전화해서 내려간다고 하면 봄가을엔 내가 바쁘니까 오지 마라 하시고, 여름엔 덥고 겨울엔 추우니 오지 마라 하신다.

"나는 잘 있네. 서울 동네가 잘 있으면 되니 일부러 내려올 필요 없네. 이렇게 전화만 해도 되는 거야."

'일부러'는 볼일이 없이 부모님을 만나기 위해 시간을 낸다는 말이다. 그럼 나는 볼일이 있어서 겸사겸사 가는 거라고 대답을 하고 실제로 볼일을 만들어서 내려간다. 볼일을 다 보고 집에 들어오면 어머니는 이렇게 말씀을 하신다.

"볼일 다 봤으면 빨리 올라가. 애비가 식구 놔두고 집을 오래 비우면 안 되는 거야."

"아니, 엄마는 어떻게 오자마자 가라고 해?"

"하하, 그런가? 그래도 볼일 없이 있을 거 없어."

"참 나, 내가 만날 오는 것도 아닌데…."

"어서 올라가."

봉화에 내려갈 때마다 이처럼 똑같은 이야기를 주고받는다. 집에 올라와서 아내에게 이 말을 전하면 아내는 이렇게 말한다.

"어머님이 말씀은 그렇게 하셔도 아들이 내려오기를 바라고 더 있기를 바라실걸?"

"그럼 그러라고 하면 되잖아. 어차피 있어 봐야 하루 이틀인데. 엄마도 참."

"어머님은 당신 때문에 누가 시간 뺏기는 걸 싫어하시잖아."

아내의 말에 따르면 마음속으로는 자식과 함께 있고 싶지만, 자식이 부담을 느낄까 봐 짐짓 오지 마라 하신다는 것이다. 아마 많은 어머니가 이러지 않을까 한다. 이제는 옛날과 달라져서 솔직하게 표현하는 분들도 계시지만, 주변을 보면 여전히 속마음을 드러내지 않는 분들이 더 많은 것 같다.

그런데 정말로 아내의 말이 맞는 걸까? 어머니 말씀을 액면 그대로 받아들여도 되지 않을까? 어머니가 틀린 말씀을 하신 것도 아니잖나.

옛사람의 글에는 부모가 등장하더라도 주인공 역할을 하지 않는 경우가 많다. 자식의 위치에서 부모의 언행을 기록

하거나, 자식이 부모를 떠올리면서 쓴 글이 대부분을 차지한다. 특히 부모를 두고 객지 생활을 하는 경우라면 십중팔구 부모를 그리워하는 내용의 글을 썼다.

　어머니와 이별하고

　저녁에 만나 아침에 헤어져 머물지 못하니
　모자(母子)가 서로 붙잡고 샘 같은 눈물 흘린다
　봉양할 시간은 이제 점점 짧아지는데
　어느 날에나 은혜 갚을지 모르겠다

　暮逢朝別未留連(모봉조별미류련) 母子相持淚似泉(모자상지루사천)
　養志光陰今漸短(양지광음금점단) 不知何日報恩憐(부지하일보은련)
　—「別母(별모)」, 『謹齋集(근재집)』 권1

고려의 문인 근재(謹齋) 안축(安軸, 1282~1348)의 시다. 안축의 고향은 복주(福州)에 속해 있는 흥녕현(興寧縣)이다. 복주는 현재의 경북 안동이고, 흥녕현은 경북 영주시 순흥면이다. 이 시를 쓸 무렵 안축의 나이는 쉰 살 언저리였는데 강릉도 존무사(江陵道存撫使)가 되어 관동 지역에 나가 있었다. 내용으로 보아 공무 때문에 고향에 오래 머물지 못하고 잠시 들렀다가 떠나면서 썼음을 알 수 있다.

문집을 남긴 옛사람 모두 그 시대에 알아주는 효자였지만, 안축은 그중에서도 돋보이는 사람이었다. 관동 지역에 있으면서 어머니를 그리워하는 시를 자주 썼고, 상주목사(尙州牧使)로 있을 때는 어머니를 뵈러 자주 고향에 들렀으며, 어머니를 모시기 위해 중앙으로 진출하지 않고 외직으로 나가려고 애썼다고 한다.

시에서는 눈물을 짓는 이유로 '어머니에게 은혜를 갚을 시간이 많지 않은 것'을 들었는데 이 말을 좀 더 보고 있으면 은혜를 갚는 것도 갚는 것이지만 어머니와 함께할 시간이 점점 줄어드는 것에 마음 아파하고 있는 것 같다. 오랜 시간 함께 있어야 은혜도 갚을 수 있는 거니까 그렇다.

이 밖에도 여러 가지 생각이 들어서 눈물을 흘렸을 것 같다. 나한테 맞춰서 생각을 해 본다. 이제 엄마도 늙었고, 나도 나이가 들어 버렸지만 여전히 젊은 엄마와 어린 내가 같이 있는 것 같은 기분이 드는데 엄마의 그 모습은 어딜 갔는지 없고, 이제 이런 엄마의 모습마저 볼 수 있는 시간이 얼마 남지 않았다는 생각이 들어서 그런 것은 아닐까? 그것도 아니면 그저 옛날처럼 엄마하고 같이 있고 싶은데 그러지 못해 속이 상해서 그런 건 아니었을까?

여전히 우리 엄마는 "일부러 내려오지 마라."고 한다. 나는 엄마 말을 잘 듣는다. 언젠가 볼일이 있어서 혼자 내려간 적이 있다. 엄마가 말했다.

"너 볼일 다 봤나?"

"다 봤지."

"그럼 바로 올라가겠네?"

"볼일 다 봤으니 그래야지. 왜?"

"오늘 자고 가면 안 돼?"

"볼일 다 보면 올라가라고 그러더니?"

"그렇기는 한데 이렇게 금방 가면 섭섭하잖아. 또 언제 본다고. 아들한테 할 이야기도 있고."

하필이면 서울에 볼일이 있어서 그러지 못했다. 사정 이야기를 하고 조만간 다시 오겠다고 하고는 가방을 들고 문을 나섰다. 엄마 말을 못 들은 체했다.

"그래도 오늘은 자고 가면 좋겠는데…."

사람 일이란 게
그런 거라서

엄마의 고향은 옛날 퇴계(退溪) 이황(李滉, 1501~1570)이 공부했던 청량산과 가까운 곳에 있다. 요즘에도 자가용이 있으면 모를까 대중교통 편으로 가기에는 무척 불편한 곳이다. 어렸을 적 외가에 갈 땐 영주에서 봉화까지 간 뒤에 버스를 갈아타야 했다.

어릴 적에 누나와 함께 외가에 갔던 기억을 떠올린다. 버스를 타고 비포장도로를 한참 가다 보면 '삼거리'라는 정류소가 나온다. 지금과 같은 삼거리를 생각하면 안 된다. 정류소에서 마을로 올라가는 오솔길까지 합해서 삼거리라고 불렀던 것이다. 마을 입구로 접어들기 전 작은 다리를 건너면 과연 이곳에 학생이 있을까 싶을 정도로 아담한 초등학교가 있다.

거기서부터 오르막길이다. 자동차 한 대가 지날 정도의

좁은 숲길인데 나무에 가려져 밖에서는 보이지 않는다. 어른들이야 쉽게 왕래를 하겠지만, 어린아이가 가기엔 조금은 힘들고 먼 길이다. 구불구불 숲속 길을 걷는데 마치 터널을 지나는 느낌이 든다. 오랜 시간 가다 보면 저 멀리 빛이 보인다.

오솔길을 나오면 거짓말같이 시야가 트이면서 마을이 모습을 드러낸다. 기와집과 초가집이 눈에 들어온다. 굴뚝엔 연기가 오르고, 나무 타는 냄새와 산의 맑은 공기가 절묘하게 어울린다. 저 앞에 엄마의 큰집 지붕과 커다란 살구나무가 보인다. 이 살구나무에 원숭이처럼 올라가서 배가 터지도록 열매를 따 먹어야지. 길의 왼쪽엔 큰 못이 있다. 농사철에 논밭으로 물을 대기 위해 파 놓았다. 겨울엔 여기에서 아이들이 얼음 썰매를 타고 논다.

못은 둑으로 둘러싸여 있다. 못 아래쪽엔 작은 집들이 사람 한두 명이 지나갈 정도의 꼬불꼬불한 골목을 사이에 두고 자리 잡고 있다. 서울에서 식모살이를 했던 경험이 있다고 해서 '서울 할매'로 불리는 할머니가 혼자 계시는 초가집이 이 근처 어딘가에 있다. 눈이 어두워서 나를 잘 알아보지 못했지만 하루에 한 번씩 가서 할매 곁에 있었다.

엄마의 옛집은 야트막한 언덕의 기슭에 있다. 집 뒤쪽에는 높이가 똑같고 완만한 언덕 두 곳이 있다. 이래서 여기

동네 이름이 쌍현(雙峴)이다. 현(峴)은 '고개'라는 뜻이다. 엄마의 집 마당에 서면 마을의 모습이 한눈에 들어온다. 좀 더 먼 곳으로 시야를 넓히면 저 멀리 '산(山)' 자처럼 생긴 세 개의 봉우리가 검은빛을 띠고 있는 것이 보인다.

무척 작았지만 분명히 보였는데 그곳이 바로 청량산이라고 했다. 외진 곳이라 산이 무척 많았는데 청량산의 우뚝함은 여느 산 중에 단연 으뜸이었다. 어린 마음에 뜻 모를 동경심이 일어났다.

'저기를 어떻게 가지? 가 보고 싶다.'

몇 년 뒤에 우연히 가게 되었다. 어릴 때였지만 그때의 감격을 잊을 수가 없다. 밤이 되면 영화에서 나올 법한 늑대 무리의 울음소리가 들렸고, 강 건너 병풍처럼 늘어선 암벽엔 무수히 많은 반딧불이 붙어서 반짝거렸다. 은하수를 바로 앞에서 보는 듯했다.

생각해 보면 엄마 하고 둘이서 외가에 갔던 기억이 없다. 누나와 같이 가거나 아니면 엄마가 나를 버스에 태운 뒤에 기사 아저씨에게 "삼거리에 내려 달라."고 했지. 엄마도 고향 생각이 나지 않을까? 가끔 엄마에게 외갓집 동네를 가자고 하면 엄마는 그때마다 이렇게 말했다.

"거기를 가서 뭐 하노. 아는 사람도 없고 동네도 많이 변했을 텐데."

　　몇 년 전 봄날, 초등학교에 다니던 막내딸 시진이와 함께
봉화에 간 적이 있다. 시진이더러 할머니한테 "할머니 사시
던 마을 구경을 해 보고 싶어요. 같이 가요."라고 말해 보라
고 했다. 엄마는 그제야 못 이기는 척하며 차에 올랐다.

　　한강에서 윤건원의 옛집을 지나며

사십 년 전 책 상자 지고 와서
월산정으로 몽뢰정으로 얼마나 배회했나
배 안에선 술 마시고 부채질하며 흥겨웠고
자리에선 거침없고 자유로운 말을 쏟아냈지
사람 일이란 게 그런 거라서 유독 옛날이 그립고
강산은 예전과 같으니 더 슬퍼진다
다시 옛집을 찾았는데 터와 주춧돌은 없고
저물녘 무너진 담장엔 늙은 나무 꺾어 있다

四十年前負笈來(사십년전부급래) 月亭夢榭幾徘徊(월정몽사기배회)
濁醪團扇舟中興(탁료단선주중흥) 豪語狂詞座上裁(호어광사좌상재)
人事自然偏感舊(인사자연편감구) 江山如許轉生哀(강산여허전생애)
更尋故屋無基址(갱심고옥무기지) 返照頹垣老木摧(반조퇴원로목최)
—「漢江過尹健元舊居(한강과윤건원구거)」,『梧陰遺稿(오음유고)』권2

당쟁의 여파 때문에 평가가 다소 갈리지만, 임진왜란이 벌어지던 시절에 국난 극복에 많은 역할을 했던 정치가 오음 (梧陰) 윤두수(尹斗壽, 1533~1601)의 시다. 시에 등장하는 윤건원이 어떤 사람인지는 명확하지 않다. 시의 내용으로 보아 의기투합했던 친구일 수도 있고 친지일 수도 있겠다. 윤두수의 문집에는 윤건원의 집에서 쓴 시가 이 시 포함 두 수가 실려 있다.

보통의 경우 사람들은 옛일을 회고할 때 젊은 시절의 즐거웠던 기억을 떠올리면서 다시 돌아갈 수 없는 그 시절과 그 공간을 그리워하는 마음을 지닌다. 이래서 옛사람들의 회고하는 시와 산문의 정서는 대부분 쓸쓸함이 주류를 이룬다. 이 시도 마찬가지다. 예전의 활기는 없고, 영원히 그 자리에 있을 것 같았던 그 집은 이제 무너진 담장만 남아서 집이 있었다는 사실을 알려줄 뿐이다.

사람의 삶이라는 건 어쩔 수 없이 저물어가는 것이므로 저물지 않았을 때를 그리워하는 것이 자연스러운 일이다. 담장 가의 꺾여 버린 늙은 나무에도 파릇파릇했던 시절이 있었다. 마찬가지로 사십 년 만에 이곳에 들른 나에게도 또는 윤건원에게도 그 시절이 있었다. 나는 이러한데, 사람이 만든 것들은 다 스러져 가는데 강산은 그대로 있다. 이 모양을 보고 있자니 슬픈 마음이 일어난다. 그러나 그 슬픔마저 받아들이고 살아가는 게 또 자연스러운 사람의 삶이 아니겠나.

이제는 터널 같은 오솔길이 없어졌다. 외가 뒤편까지 차가 들어갈 수 있다. 엄마와 시진이가 손을 잡고 앞서 걷고 나는 뒤를 따른다. 엄마는 손녀에게 조곤조곤 이런저런 이야기를 해 준다. 사실 손녀가 뭘 알겠나. 나 들으라고 하는 말이지.

"너무 많이 변했네. 옛날 모습이 하나도 없다. 저기가 우리 집이고 저 아래 큰집이 있었는데…"

"그러게. 변했을 거라고 생각은 했는데 진짜 이렇게 변했을 줄은 몰랐네."

"그래도 우리 동네에 아들하고 손녀하고 같이 오니 참 좋네."

저 멀리 청량산 봉우리가 보였다. 그거 하나는 변한 게 없네. 한참을 서 있다 다시 차를 타고 청량산 밑까지 다녀왔다. 시진이는 아까부터 말없이 뭔가를 하고 있다. 시를 썼구나.

할머니

터벅
터벅
옛날 학교 가던 길

다시 한 번 걸어 보고

찰칵
찰칵
옛날엔 커 보이던 산
다시 한 번 찍어 본다

나는 이렇게 변했는데
산과 길은 그대로다

생각난다 그 옛날이

나는 외할머니와 외할아버지를 뵌 적이 없다. 외할아버지는 엄마가 시집오기 전에 돌아가셨고, 외할머니는 내가 태어나기 2주 전에 돌아가셨다고 한다. 엄마는 지금까지 외할머니가 나를 못 보고 돌아가신 걸 이야기하며 아쉬워한다.

"어매가 너를 그렇게 보고 싶어 하셨는데…."

그래서인가. 외가에 가면 외삼촌, 외숙모, 외사촌 형들과 누나들이 잘해줘서 좋았지만, 외할머니와 외할아버지가 계시지 않아서 왠지 모르게 허전하기도 했던 것 같다. 두 분이 일찍 돌아가신 건 어쩔 수 없는 일인데 엄마는 평생 아쉬워한다.

"외손자라고 무척 귀여워해 주셨을 텐데…."

예전엔 이 말을 들으면서 엄마가 나를 두 분께 보여 드리지 못한 것만 아쉬워하는 줄 알았는데, 나이가 들면서 가만히 생각해 보니 그 때문만은 아닌 것 같다. 나이가 들어 어른이 되었어도 엄마는 두 분의 자식이다. 두 분께 "제가 이렇게 아이를 낳았어요."라고 자랑하고 싶지 않으셨을까? 친정에서 두 분의 보살핌을 받으면서 산후조리를 하고 싶지 않으셨을까? 두 분이 살아계셨다면 엄마를 얼마나 아껴주셨을까.

아내가 아이들을 낳았을 때 장인어른과 장모님이 아내에게 베풀어 주셨던 은혜를 보고 이런 생각을 처음으로 해 보았다. 그러고 보면 우리 엄마는 이런 면에선 참 불쌍한 사람이다. 아내를 챙겨 주시는 장인어른과 장모님을 보고 이런 생각을 한 건 아니다. 어린 시절부터 엄마에게 두 분 이야기를 듣고 자라서 그렇다. 엄마가 언젠가 초등학교 동창회 회보에 쓴 글이 있다.

비 오던 날

비가 오시면
늘 아버지께서 삿갓을 들고 마중을 오셔서
큰물을 건너 주시던 기억이 있는데…
부모님 모습이 참으로 그립네

엄마는 어제 일처럼 그 옛날 일을 이야기해 주었다.

"비가 오면 우리 아버지는 꼭 나를 데리러 오셨어. 한 번도 안 오신 적이 없어. 다른 집 아버지들은 안 와도 우리 아버지는 꼭 오셨어."

엄마가 아버지를 얼마나 자랑스러워하고 믿었는지 이 짧은 말 속에 다 들어 있다.

리본 꽃신

3학년 여름, 역깨거리 도랑물에서
산 지 얼마 안 된 리본 꽃신 한 쪽을
물에 떠내려 버려서, 다음 날 또 새로 샀는데
며칠 뒤 큰물이 줄어서
신발 한 쪽을 찾아서 집에 와
"아부지요. 신 찾았어요."

새 신발을 잃어버렸어도 외할아버지는 엄마를 혼내지 않았고 신발을 또 사 주셨다. 며칠 뒤에 신발을 찾은 엄마는 당장 외할아버지에게 달려갔다. "아부지요, 신 찾았어요." 이말에 어린아이의 벅찬 감정이 다 들어 있다. 외할아버지는 참 따뜻한 어른이셨던 것 같다.

문집을 남긴 사람들은 대부분 남성이고 유교의 예절이 몸에 배어 있는 선비였지만, 부모에게 느끼는 감정은 우리 엄마와 크게 다르지 않았다. 그들의 부모도 외할아버지처럼 따뜻했다.

> 을묘년(1615) 섣달에 남양에 있는 백부님의 옛집에 갔 다가 느낌이 있어서 율시 두 수를 짓고, 또 옛일을 기 억하며 시 세 수를 지었다

생각난다 그 옛날이
하루는 내가 밖에서 돌아오니
어머니는 급히 국에 간을 맞추셨고
아버지는 빨리 밥을 하라고 재촉하셨지

생각난다 그 옛날이
하루는 내가 밖에서 돌아오니
아버지는 추운지 더운지 물어보셨고
어머니는 새 옷을 꺼내 주셨지

記得昔年日(기득석년일) 兒嘗自外來(아상자외래)
調羹慈母急(조갱자모급) 炊飯大人催(취반대인최)

記得昔年日(기득석년일) 兒嘗自外歸(아상자외귀)

大人問寒燠(대인문한욱) 慈母與新衣(자모여신의)

─「乙卯臘月(을묘납월) 往南陽伯父舊宅(왕남양백부구택) 有感吟二律(유감음

이율) 又賦記得昔年日三章(우부기득석년일삼장)」,『孤山遺稿(고산유고)』권1

조선의 문인 고산(孤山) 윤선도(尹善道, 1587~1671)의 시다. 제
목이 무척 길다. 율시 두 수를 짓고, 또 세 수를 지었다고 했
으니, 이 제목으로 모두 다섯 수를 쓴 것이다. 율시 두 수는
윤선도의 큰아버지를 생각하며 썼고, 세 수는 자신의 부모
님을 떠올리며 썼다. 여기에 소개한 시는 부모님을 떠올리
면서 쓴 앞의 두 수다.

사대부 집안의 엄격함이 보이지 않는다. 아들을 위해 부
산을 떠는 모습이 여느 집 부모와 하나도 다르지 않다. 기교
를 부리지 않은 평범한 글인데 생동감이 넘친다. 애써 부모
를 기리지 않아도 부모가 자식을 생각하는 마음과 자식이 부
모에게 느끼는 마음이 오롯이 전해 진다. 시를 쓰면서 윤선
도는 무슨 생각을 했을까. 아마 우리 엄마와 같지 않았을까.

"아부지요. 신 찾았어요.", '생각난다 그 옛날이', 말은 다
른데 두 문장 안에는 부모를 향한 그리움이 담겨 있다. 엄마
와 윤선도는 평생 그리워하고 있고, 그리워했다. 사랑 받았
던 시절, 엄마 아버지만 있으면 무서울 게 없고 부러워할 것

도 없었던 시절, 이젠 기억 속에만 있는 나의 그 시간을 그
리워한다. 이제는 볼 수 없는 엄마 아버지의 얼굴, 들을 수
없는 목소리를 그리워한다.

　나는 그런 엄마가 옆에 있는데도 그리워한다. 옆에 있어
도 그리운 우리 엄마. 엄마는 늘 곁에 있는 그리움이다.

서로 만나는 우리들이
바로 친구지

이대현이라는 친구가 있다. 올해로 알고 지낸 지 사십 년이 됐다. 대현이는 내가 열두 살에 서울로 전학 왔을 때 처음 만난 친구다. 초등학교와 고등학교를 같이 다녔고, 지금까지 친하게 지내고 있다.

초등학교 시절, 우리 집은 연립주택 2층이었고 대현이네 집은 2층 단독주택이었는데, 우리 집 뒤편 베란다에서 대현이네 집이 보일 만큼 가까이 살았다. 가끔씩 나는 베란다에서, 대현이는 자기네 집 2층에서 서로를 불러내 놀기도 했다. 아침이 오면 거의 매일 등교 준비를 먼저 한 사람이 서로의 집으로 가서 기다렸다 학교에 갔다.

우리 집 형편은 좋지 못했다. 대현이네는, 자기는 그렇지 않다고 하지만, 어린 내가 보기엔 부자였다. 서울에 이층집을 가지고 있고, 춘부장(春府丈)께서는 고등학교 교사로 계셨으니 그만하면 부자 아닌가? 사실 이건 지금 돌이켜본 것이고 대현이네가 부자라고 생각했던 건 대현이의 반찬통에 있는 소시지를 봤기 때문이었다. 그때 이야기를 하면 대현이는 껄껄 웃는다.

"소시지 반찬은 간단하게 만들 수 있잖아. 어머니가 일하기 편하자고 사신 거야."

"야, 그때 우리 집은 소시지 못 먹었어. 만날 김치나 싸가지고 가다가 소시지를 보니까 얼마나 부자 같았겠냐. 너희 집이 잘 살기도 했고."

점심시간이 되면 대현이는 계란을 입힌 분홍빛 소시지 한 개를 젓가락으로 집어 가지고 내 자리로 와서 주고 갔다. 한 번도 소시지를 달라고 한 적이 없었는데 꼭 그렇게 한 개를 주고 갔다. 주는 대현이나 받는 나나 아무 말도 하지 않았다. 언제부터인지 모르게 이 일은 점심시간의 일상이 되었다.

"너 그때 왜 그렇게 매일 소시지를 갖다 줬냐?"

"글쎄? 내가 왜 그랬을까? 그냥 맛보라고 줬던 거 아닐까? 너는 근데 그걸 아직까지 궁금해 하냐? 그러려니 하면 되지."

"기억에 남아서 그래. 하루도 안 빼고 매일 줬잖아. 그땐 고맙다는 말도 안 한 것 같은데 고마워했던 기억이 있어. 내가 더 잊지 못하고 고마워하는 게 뭔지 알아?”

“뭔데?”

“나하고 싸운 날에도 소시지를 주고 갔어.”

“…”

사람 많이 사귈 필요 없다. 나이가 들면서 자연스럽게 관계가 정리된다. 마음을 터놓을 수 있는 친구 한둘만 있어도 성공이다. 요즘 같은 세상에서 진정한 친구를 만나기 쉽지 않다.

고개를 끄덕일 수도 있고, 그렇지 않다고 여길 수도 있다. 분명한 건 세상을 살면서 나와 마음이 맞거나 편하게 만날 수 있는 사람은 많지 않다는 점, 저런 말이 나올 만큼 사람에게 상처를 받는 경우가 꽤 많다는 사실이다.

이지안에게 화답을 받아 바로 그의 운을 써서 지었다

같은 해 급제한 뒤 이십 년 동안 만나며
백발이 되어 이제야 교분이 조금 두터워졌다
술자리에서 서로 마주하며 세상일을 논하니
청운에 오른 그대에게 나 같은 벗 없을 리가

세상일은 어지러워 가짜 진짜가 섞여 있고

48

비와 구름은 엎치락뒤치락 인심은 새로 바뀐다
옛날 사귀던 친구들 바람 맞은 잎처럼 떨어진 마당에
서로 만나는 우리들이 바로 친구지

同榜交親二十春(동방교친이십춘) 白頭今已免如新(백두금이면여신)
相對樽前論世事(상대준전론세사) 靑雲知己豈無人(청운지기기무인)

世事紛紜混贗眞(세사분운혼안진) 雲飜雨覆物情新(운번우복물정신)
舊遊零落如風葉(구유영락여풍엽) 我輩相從是故人(아배상종시고인)
─「李之安見和卽次韻(이지안견화즉차운)」, 『四佳集(사가집)』, 「四佳詩集(사
가시집)」 권10

사가정(四佳亭) 서거정(徐居正, 1420~1488)이 쓴 시다. 서거정
은 1444년 스물다섯 살 되던 해 문과에 급제해서 1489년 예
순아홉 살에 세상을 떠날 때까지 약 사십오 년간 벼슬자리
에 있었다. 그중 한 나라에서 글을 가장 잘 쓰는 사람에게
주는 벼슬인 대제학(大提學) 자리에 이십삼 년 동안이나 앉아
있었으니 조선 전기를 대표하는 대문장가라고 하겠다.
　시에 등장하는 이지안(李之安)은 이인전(李仁全)이라는 사
람이다. 지안(之安)은 이 사람의 자(字)다. 서거정과 같은 해
에 문과에 급제한 사람이다. '나란히 같은 방(합격 명단을 써

놓은 것)에 이름을 올린 사람'이라고 해서 동방(同榜)이라고 하거나 '같은 해에 합격했다'는 뜻으로 동년(同年)이라 부르기도 한다.

시는 모두 여섯 수로 이루어져 있는데 여기에 소개한 시는 마지막 부분의 두 수다. 서거정이 이지안을 칭송하고 둘 사이의 친밀함을 드러내는 내용으로 이루어져 있다. 분위기로 보아 둘은 사회에서 만난 친구다. 아주 친한 관계에서 쓰는 말은 나타나지 않았다. 이십 년 동안 같이 벼슬살이를 했지만 시간이 흐르면서 조금씩 교분이 두터워진 관계라고 할 수 있다. 그럼에도 불구하고 시에는 사람과 관계를 맺어 본 사람이면 누구나 고개를 끄덕일 만한 내용이 들어 있다.

이십 년이면 많은 사람과 만나고 헤어졌을 시간이다. 그 사이에 별의별 일도 다 겪었을 것이다. '세상일은 어지러워 가짜 진짜가 섞여 있고, 비와 구름은 엎치락뒤치락 인심은 새로 바뀌는' 것이 사람 사는 세상의 모습이다. '비와 구름이 엎치락뒤치락 한다'는 쉽게 바뀌는 세태를 비유한 말인데 중국 당(唐)나라 두보(杜甫)의 「빈교행(貧交行)」에서 "손을 뒤집으면 구름이 되고 엎으면 비가 된다(번수작운복수우(翻手作雲覆手雨))."라고 한 데서 나왔다.

간과 쓸개까지 내줄 것처럼 다정하게 굴던 사람이 배신을 하고, 나를 진심으로 대해 주던 친구였는데 나에게 어려운 일이 닥치니 고개도 돌리지 않고 떠나 버린다. 그래도 세상엔 좋은 사람이 많을 거라 믿으며 살지만, 막상 현실을 살다 보면 저런 사람들에게 상처를 입는 일이 많다. 그러니 얼마나 친하게 지냈는가 따지는 건 별 의미가 없는 것 같다. 서거정은 '죽음', '반목', '배신'을 담은 바람이 옛 친구들을 떨어트렸어도 지금 내 옆에 있는 사람이 친구가 아니겠느냐고 말하고 있다.

시를 읽는 내내 대현이 생각이 났다. 우리 둘은 과거급제를 하진 않았어도 학교를 같이 다닌 동기이고, 고등학교에 들어가서 나는 문과, 대현이는 이과를 택하면서부터 지금까지 다른 길을 걸으며 사십 년을 지냈어도 결국 지금 내 옆에 있는 친구이기 때문이다. '청운(靑雲)', '푸른 구름'과 같은 벼슬은 하지 못했어도 오랜 시간 같은 하늘 아래에서 잊지 않고 지내왔다.

살아오면서 많은 사람과 친분을 맺었고, 크고 작은 일을 겪으면서 사람을 떠나보내기도 하고 내가 떠나기도 했다. 상처를 입히기도 하고, 입기도 하면서 살아왔다. 앞으로도 그러할 테지. 인생에서 이런 '바람'을 맞아 왔지만 대현이와 나는 여전히 잘 지내고 있다. 대단한 그 무엇 때문이 아니라 일 년 내내 날마다 소시지 하나를 줬던 그 마음이 사십 년 동안 변하지 않았기 때문이라고 믿는다. 덕분에 우리는 지금껏 잘 지내고 있다.

나는 여전히 그 밀가루 맛이 나는 옛날 소시지를 좋아한다. 먹을 때마다 대현이 생각이 난다. 먹으며 가끔 눈물을 흘리기도 한다. 이 눈물의 의미를 대현이는 알고 있으려나.

오늘에야 마침내
두 아들을 두게 됐구나

자식은 크면서 부모에게 다양한 걱정거리를 안겨 준다. 어릴 적에는 몸이 약하니 어디가 조금만 아파도 병원에 가네 약을 먹이네 하면서 부산을 떤다. 부모님이 별거 아니라고 해도 처음 겪는 일이라 그 말이 귀에 들어오지 않는다. 짧지 않은 시간이 지난 뒤에 그때를 떠올리며 웃는다. '부모와 자식은 같이 큰다'는 말이 괜히 나온 게 아닌 것 같다.

　요즘엔 의학이 발달해서 웬만한 병은 어린 시절에 예방할 수가 있다. 분명 내가 어릴 때보다 모든 면에서 좋아졌는데도 아이가 어리고 약하니 늘 걱정이 된다. 내 딸아이들 클 때를 생각해 보면 이젠 시간이 꽤 지나서 일일이 기억나지 않지만 아이들이 아프거나 다쳤을 때 마음 아파하고 전전긍긍했던 일이 떠오른다.

　이렇듯 자식이 어릴 때는 오로지 건강에 집중한다. 아

직 학교에 가지 않았고, 학교에 가더라도 중학생 정도가 되지 않은 나이라면 공부는 다음 문제로 미룬다. 물론 자식 건강도 챙기면서 공부에도 그만큼 신경을 쓰는 부모들도 적지 않지만, 대체로 건강에 좀 더 마음을 두는 편인 것 같다.

어린 자식을 둔 부모들에게 "아이에게 무엇을 바라는가?" 또는 "아이가 커서 어떤 사람이 되었으면 좋겠느냐?"고 물으면 대부분 이렇게 대답한다.

"바라는 것 없어요. 밝고 건강하게만 컸으면 좋겠어요."

그러고 또 한마디를 보탠다.

"착한 마음으로 살고 커서 훌륭한 사람이 되기를 바랍니다."

나도 마찬가지였다. 밝고 건강하고 착하게 살면 되는 거 아닌가? 아이들이 건강하게 하루하루 커 가는 걸 보면서 말로 표현하기 어려운 벅찬 감정을 느끼며 살았다. 가만있자. 마찬가지였다고? 그럼 지금은 그렇지 않을 수도 있다는 뜻인가? 그렇지는 않다. 과거형을 쓴 까닭은 예전의 그 마음은 유지하고 있으면서도 자식에게 무언가를 바라는 게 생겨 버렸기 때문이다. 누군가는 이렇게 이야기한다.

"다 큰 자식에게 어린아이 대하듯 건강하게만 자라 달라고 할 수는 없는 거 아닌가? 사회생활을 해야 하니 현실적인 이야기를 해야지."

54

나도 이렇게 변해 버렸다. 현실적이라는 말을 앞세우며 이런저런 잔소리를 하고 있다. 늦잠 자지 마라, 일찍 다니라는 소소한 잔소리부터 학교 공부 열심히 해라, 시험 잘 봐라, 놀지 말고 취업 준비를 하라는 큰 잔소리까지 하고 있다.

　천연두를 노래함

작은 아이 말을 배워도 당신은 기뻐하지 않았고
큰아이 글자를 배워도 믿지 않았지
천연두를 겪으니 골격이 변하여
오늘에야 마침내 두 아들을 두게 됐구나
나 이제 두 아들에게 큰 덕을 밝혀서
임금님 명 받들어 보좌하게 하련다

小兒學語君莫喜(소아학어군막희) 大兒學字君莫恃(대아학자군막시)
豌豆瘡成骨格變(완두창성골격변) 今日居然有二子(금일거연유이자)
吾令二子昭大德(오령이자소대덕) 擎天捧日隨所使(경천봉일수소사)
—「豌豆歌(완두가)」,『茶山詩文集(다산시문집)』권1

다산(茶山) 정약용(丁若鏞, 1762~1836)의 시다. 예나 지금이나 부모 마음은 하나도 다른 게 없지만, 옛날 부모가 요즘보다 더 힘들었다. 저 때는 천연두에 걸리면 죽을 수도 있는 시절이었다. 조선 시대까지 갈 필요도 없다. 나 어릴 적인 1970년대나 그 이전엔 홍역을 앓다가 죽는 아이들도 드물지만 있었다. 뇌염과 장티푸스 환자도 꽤 있어서 여름이 오면 단체로 예방주사를 맞았는데, 그래도 이 병에 걸려서 죽는 사람이 나왔다. 이래서였는지 알 수 없으나 부모님은 늘 나와 아내에게 아이들이 잘 크기만 해도 다행이니 너무 신경 쓰지 마라 하셨다.

시에 등장하는 '당신'은 정약용의 아내다. 아내는 아이가 말을 배우든 글자를 배우든 그건 별 관심이 없다. 오직 천연두에서 살아남는 일에만 온 신경을 썼다. 살아 있으면 저런 건 배우면 되는 거 아니겠나. 늦든 빠르든 그런 건 문제가 되지 않는다. 오로지 이 병에서 살아남아야 한다. 다행히 두 아들은 무사했다.

아이는 아프고 나면 큰다는 말이 있다. 겪을 일을 겪은 두 아들은 골격을 갖춘 사람이 되었다. 오늘에야 마침내 두 아들을 두게 됐다는 말 안에는 자식을 대견스레 여기는 마음과 안도감이 다 들어 있다. 앞으로도 크고 작은 병이 이 아이들을 찾아오겠지만 당장 넘어야 하는 큰 산을 넘었다.

정약용은 자식들이 '착하게 커서 훌륭한 사람'이 되기를 바랐다. '큰 덕'은 사람이 갖추어야 할 도덕인데 유가(儒家)에서 중시하는 효도, 공경, 충성, 믿음 등을 가리킨다. 쉽게 말해 저런 덕목이 '착한 마음'이고, '임금을 보좌한다'는 건 현실적으로는 과거에 급제해서 벼슬을 하는 걸 염두에 뒀겠지만, 그만큼 훌륭한 사람이 되기를 바라는 것이다.

정약용도 사람이고 자식을 키우는 아빠였다. 1801년 정약용은 남인(南人)들이 대거 축출 당했던 신유옥사(辛酉獄事)에 연루되어 강진으로 유배 가면서 이후 18년 동안 강진에서만 지냈다. 이때 정약용의 나이가 마흔 살이었는데, 자식들에게 건강하게 자라 달라는 말만 하진 않았다. 정약용이 유배지에서 두 아들에게 보낸 편지를 보면 내용은 참 좋지만, 아빠가 할 수 있는 모든 잔소리가 다 들어 있다.

정약용의 두 아들은 정학연(丁學淵, 1783~1859)과 정학유(丁學游, 1786~1855)다. 둘 모두 건강하게 잘 커서 아버지의 바람대로 훌륭한 사람이 되었다. 특히 둘째 아들인 정학유는 농촌에서 할 일을 월별로 적어 놓은 고전 시가인 「농가월령가(農家月令歌)」의 작가로 현재까지 이름을 알리고 있다.

시를 읽으면서 아이들의 어린 시절을 떠올려 보았다. 지금도 그렇지만 어릴 땐 정말 예뻤고 귀여웠다.

'어릴 때는 그렇게 엄마 아빠 말도 잘 듣고, 엄마 아빠를 세상의 전부로 여기던 것들이 이제 다 컸다고 너희들 멋대로 하려고 하냐?'

이런 생각을 하기 위해서가 아니다. 내가 자식을 둔 아빠가 되었을 때, 애들과 함께 살면서 지녔던 그 마음을 잊고 싶지 않아서 그렇다. 바라는 거 하나도 없었다. 아프지 않고 하루하루 잘 지내는 걸로 만족하며 지냈다. 그렇게 커서 남들과 잘 섞여서 살아가고 있다. 그럼 된 거 아닌가?

정약용의 두 아들처럼 이름을 남겨도 좋고 그렇지 않아도 좋다. 내 자식이라서 걱정하고 사랑할 뿐이다. 건강하게 자라서 어른이 되었으니 앞으로도 건강하게 살아주기를 바랄 뿐이다.

밤 오자 등불 밝혀
오직 당신과 함께

강의가 없는 날엔 아내와 가끔씩 커피를 마시러 가기도 하고 술도 자주 마신다. 다른 사람과 만날 때도 될 수 있으면 같이 만난다. 지방에 강연이 있을 때도 함께 다닌다. 매일 보는 사람하고 뭘 그렇게 붙어 다니느냐고 핀잔을 주거나 같이 다니는 걸 부러워할 사람도 있을 것 같다.

아내와 긴 시간 함께할 수 있다는 건 참 좋은 일이다. 같이 다니면서 나누는 대화의 깊이와는 별개로 우선 많은 이야기를 할 수 있으니 소원해질 틈이 없고, 크고 작은 집안일을 상의하면서 풀어갈 수 있다. 남의 집 일이나 세상 돌아가는 일까지 이야기한다. 이런 시간이 있다는 걸 행운이라고 여기며 산다.

사람 일이 다 좋을 수는 없다. 함께 있는 시간이 많은 만큼 자주 다툰다. 부부의 내밀한 이야기를 남들 보는 데서 모두 할 수는 없고, 그저 둘의 생각이 여기저기서 충돌하는 지점이 많다고 치자. 자식 교육 문제, 세상일에 대한 생각, 일 처리 등 거의 모든 일에서 맞지 않는 게 많다. 둘 다 고분고분한 성정을 지니지 않아서 서로 양보하지 않은 일도 적지 않았다.

이십오 년을 같이 살았는데 안 맞는 건 안 맞았다. 이젠 나이가 들어서 사는 데 요령이 생겨서 그런지 다툼이 줄어들긴 했지만 완전히 끝나지는 않았다. 아마 앞으로도 그러지 않을까 짐작한다. 어찌 되었건 여러 가지 일을 함께 겪으며 예전보다 다투는 일이 줄어들긴 했다. 서로의 생각을 인정하면서부터 그런 마음가짐이 큰 영향을 주지 않았나 싶다. 언젠가 아내가 이런 말을 한 적이 있다.

"우리 둘이 어쩌지 못하는 일이 있잖아. 그걸 갖고 둘이 다퉈봐야 무슨 소용이 있겠어?"

서로 의견을 나누는 과정에서 각자의 생각을 내세우다 다툼이 일어나는 일이 꽤 있었는데 아내는 그 다툼의 무의미함을 이야기했다. 사실 그걸 둘 다 알고 있으면서도 당장 상대가 설득 당하지 않으니 조바심을 내어 앞만 보고 달렸던 것이다. 아내가 또 말했다.

"좋은 이야기를 하며 지내기도 아까운 시간에 우리가 이래야 되겠어?"

듣고 보니 그렇다. 둘 다 이런 생각을 하면서부터 다투는 일이 줄어들었다. 무척 오래 걸렸다. 부끄러워해야 할 수도 있지만 부끄럽지 않다. 살다 보면 다툴 수 있다. 다툴 게 뭐 있겠냐고 하지만 살다 보면 다툴 일이 많다. 적정선에서 멈추지 못하는 게 문제지 다툼 자체를 애초에 피해야 할 것으로 보진 않는다.

아내 말대로 좋은 이야기를 하면서 살아도 모자랄 판이다. 아직 노년이라고 불릴 나이는 아니지만, 어렴풋이 그 시기가 다가오고 있다는 걸 느끼고 있다. 그럼 어떤 게 좋은 이야기인가.

취해서 아내에게

백 년도 이젠 꿈인 듯하니
즐겁게 놀면 어디인들 편안하지 않겠소
밤 오자 등불 밝혀 오직 당신과 함께
조곤조곤 만년의 한가한 삶을 이야기하네

百歲如今醉夢間(백세여금취몽간) 歡遊何處不淸安(환유하처불청안)
夜來燈火唯君共(야래등화유군공) 細討幽期卜晩閑(세토유기복만한)
—「醉贈細君(취증세군)」,『高峯集(고봉집)』권1

대학자 퇴계(退溪) 이황(李滉, 1501~1570)과 장장 8년간 편지로
사칠논변(四七論辯, 사단과 칠정에 대한 논변)이라고 불리는 학
술 논쟁을 주고받았던 고봉(高峯) 기대승(奇大升, 1527~1572)
의 시다. 이 사칠논변 덕분에 기대승은 현재를 사는 사람들
에게 진중하고 엄격한 학자로 알려졌다. 사실 조선 선비들
대부분 저런 모습으로 알려져 있다. 이걸 딱히 틀렸다고 할
수도 없지만 동시에 위의 시에서처럼 인간적인 면도 지니고
있었다.

　옷을 갖춰 입고 점잖게 앉아서 도덕책에 나오는 말만 앵
무새처럼 반복할 것 같은데 아내와 술 한 잔 하면서 '인생 뭐
있어? 당신과 내가 즐겁게 살면 되는 거지'라는 말을 하는
모습이 약간은 낯설어 보이면서도 옛사람도 나와 크게 다를
게 없다는 생각을 하니 반갑기도 하다. 술에 취해서 '우리 이
다음에 어디서 어떻게 살까?'라고 묻는 남편을 보면서 아내
는 무슨 생각을 했을까.

　아내와 할 수 있는 이야기는 무척 많다. 이 세상 모든 일
을 가지고 대화를 나눌 수 있다. 그중 가장 좋은 이야기는
저런 것이 아닐까 싶다. 아내와 내가 '함께 무언가를 할 수
있을까'에 대한 이야기 말이다. 기대승은 지금 이 생활을 정
리하고 어디에서 만년을 보낼 것인지 이야기 나누고 있다.
지금의 시각으로 보면 노년을 준비하는 일과 비슷하다고 하

겠다.

세 번째 구에 '밤 오자 등불 밝혀 오직 당신과 함께'라
는 말에는 참 깊은 정이 담겨 있는 것 같다. 매일매일 아내
와 함께 지내면서 정작 오직 아내와 함께 무언가 이야기를
해 본 일이 과연 얼마나 있었을까. 대화하지 않았다고 할 수
는 없지만, 여유를 가지고 조곤조곤 이야기한 적은 별로 없
었던 것 같다. 아내나 나 모두 이런 아쉬움이 있어서 시간을
내 보려 하는데 생각처럼 쉽지 않다.

짧고 평범한 내용으로 이루어진 시지만 한 구 한 구에 깊
으면서도 따뜻한 사랑이 담겨 있다. 읽으면서 앞으로 둘이
서 무얼 할지 생각하게 된다. 시간을 정해서 자리를 정리하
고 앉아서 진지하게 노후 계획을 세우겠다는 것이 아니라
둘만 앉아서 술을 마시며 이런저런 이야기를 나누고 싶다.

양가 어른들은 다행스럽게도 건강하게 잘 계신다. 자식
들이 아직 덜 커서 돌봐 줘야 하고, 사회생활을 해야 하니
많은 사람과 관계를 맺으며 살아야 한다. 나이가 들수록 아
무래도 젊은 시절보다 할 수 있는 일이 줄어들 테지만, 아직
까지 노후 계획은 고사하고 하루하루 살아가기 바쁘다. 그
래도 나이가 들 테니 장래에 어디서 어떻게 살 것인지 계획
을 하고 하나둘 실행에 옮겨야 한다.

나는 천성이 게을러서 뭐든 느린 편이다. 반면 부지런하

고 활달한 성정을 지닌 아내는 나와 이야기하면서 늘 답답해 한다. 아마 죽을 때까지 내 천성은 변하지 않을 것이다. 굳이 바꿔야 할 필요성을 느끼지 않는다. 그러나 이십오 년을 살아오면서 나는 그전보다 부지런해졌고, 아내도 속도 조절을 할 수 있게 됐다. 그렇게 살고 있다.

기대승이 아내에게 무슨 말을 했는지 자세히 알 수 없다. 왕년의 인기가수 남진의 노랫말처럼 '저 푸른 초원 위에 그림 같은 집을 짓고 사랑하는 우리 님과 한 백 년 살고 싶다'고 했을 수도 있겠지.

아쉽게도 기대승은 벼슬자리에 나가거나 은거도 했지만 시에 쓴 것처럼 만년을 아내와 즐겁게 살지 못했다. 마흔 살부터 병이 들어서 고생을 하다 마흔여섯 살에 죽었다. 그 옛날 마흔여섯 살이면 꽤 많은 나이라서 일찍 죽었다고 하긴 어렵지만 오래 살았다고 할 수도 없다.

나와 아내는 오십 대가 되어도 젊다는 소리를 듣는 시대를 살고 있다. 아내와 나는 가끔 "그래도 우리는 젊지 않다."고 이야기한다. 내 나이가 어떠냐는 말도 있지만 오십 대를 젊다고 할 수는 없고, 젊을 때처럼 생각하고 움직이려고 해서도 안 된다. 별일이 없는 한 앞으로 살아갈 날이 살아온 날보다 적을 것이다. 백 년이 다 무언가. 그전에 인생은 마무리된다. 너무 늙은이처럼 굴면 안 되겠지만 젊지 않은 나이에 젊은이처럼 구는 건 더 우습다는 말이다.

그저 바라는 건 함께 오랜 시간을 즐겁게 지내는 것일 뿐이다. 기대승 부부는 그러지 못했지만 우리 부부는 그랬으면 좋겠다. 어제 그렇게 다투고도 오늘 우리 부부는 손을 잡고 은행나무 가득한 길을 걷는다.

가을 소리 닿는 곳
없다고 말하지 마라

내가 어릴 적만 해도 봄엔 요즘처럼 미세먼지가 없었다. 황사가 불어 닥칠 때가 있었지만 그건 한때였다. 꽃샘추위를 견디고 나면 따뜻하고 맑은 날씨에 땅이 녹으면서 주변에 이름 모를 식물의 싹이 파릇파릇 올라왔다. 가끔씩 가랑비가 내리고 나면 날은 더욱 따뜻해지며 시야도 맑게 트였다. 누군가 가장 좋아하는 계절이 무어냐고 물으면 망설임 없이 봄이라고 대답했다.

언제부턴가 가을이 더 좋아졌다. 미세먼지 때문에 봄 같은 봄날이 크게 줄어서 그렇다. 가을에도 미세먼지가 있는 날이 적지 않지만 내가 느끼기에 봄보다는 조금 덜한 것 같다. 가을이 깊어갈수록 추워지고 느껴지는 추위만큼 쓸쓸함이 더해지지만 어느 때보다 하늘이 높으면서도 맑고 여름과 같은 습기도 없다. 들판에 익어 가는 황금 물결, 붉은빛으로 물들어 가는 산색도 보기에 좋다.

써 놓고 보니 미세먼지의 유무에 따라 좋아하는 계절이
바뀐 것 같다. 실제로 그렇긴 하지만 다른 이유도 있다. 여
러 가지 이유가 있을 텐데 나이가 들면서 쓸쓸한 마음이 드
는 것도 나쁘지 않다는 생각이 들어서 그런 듯하다. 어릴 때
부터 사람이 많은 곳을 싫어하긴 했지만, 그렇다고 쓸쓸함
과 바꿀 만큼은 아니었다. 요즘엔 쓸쓸한 마음이 들어도 혼
자 있는 게 좀 더 편하다.

이처럼 가을은 나의 편한 생활을 도와주는 계절이 됐다.
예전부터 있어 온 가을에 대한 관념의 영향을 받아 이런 생
각을 하게 되었을 것이다. 가을은 결실의 풍요로움을 보여
주면서도 마지막을 암시하는 계절이기도 하다. 내 인생을 돌
이켜 보도록 하는 계절이라는 말이다. 과거를 회상하면 자연
스레 상념에 젖고 그 상념의 중심에는 쓸쓸함이 자리한다.

쌀쌀한 바람을 맞으며 혼자 있으면 마음이 착 가라앉고
들뜨지 않아서 좋다. 처음엔 나한테만 집중하다 조금씩 생
각의 범위를 넓히면 가까이는 가족에서 멀게는 옛 친구들까
지 떠오른다. 핸드폰의 번호 목록을 훑다가 일없이 손이 가
는 대로 전화를 걸기도 한다. 전화를 받는 사람은 뜬금없는
연락에 살짝 당황하다가 이내 반가워한다.

가을엔 성묘를 갔다. 산으로 가는 길, 아버지와 둘이 직

선으로 뻗어 있는 철길 옆 도로 위를 걷는다. 맑은 해가 내리쬐는 높고 파란 하늘 아래 고추잠자리 떼가 날고, 도로 양쪽에 길게 늘어선 흰색, 보라색, 홍색의 코스모스 무리가 바람에 흔들린다. 가을이 오면 늘 어제 일처럼 선명한 장면을 떠올린다. 혼자서 웃기도 하고, 괜스레 뭉클해져서 눈물을 찔끔 흘리기도 한다.

나이가 들면 눈물이 많아진다고 하던데 내가 그러고 있다. 오십 줄을 겨우 넘겼으면서 나이가 들었다고 하려니 아직은 조금 어색한데 가을에만 유독 불쑥불쑥 옛일과 옛사람이 떠오르고 눈물이 맺히는 걸 보니 나이가 들긴 들었나 보다. 나쁘지 않다. 이런 궁상맞은 짓도 즐겁다. 그전에 해 보지 못했던 경험을 해 보는 거니까. 어릴 때는 내일을 상상하며 즐거워했고, 이제는 어제를 떠올리며 상념에 젖는다.

급기야 가을을 기다리게 됐다. 한여름 더위가 기승을 부리고 매미가 많아질수록 가을이 그만큼 나에게 다가와 있다는 걸 느낀다. 습기가 남아 있는 밤에 베란다 창문을 열어 두고 누워 있으면 습기를 뚫고 한기를 띤 바람이 불어 든다. 새벽이 오면 가을 냄새가 난다. 일어나서 밖으로 나가면 귀뚜라미 소리가 드문드문 들린다. 한여름에 이미 가을이 와 있는 셈이다.

이 시기가 지나면 나뭇잎이 떨어진다. 이것을 낙엽(落葉)

이라고 한다. 낙엽은 '잎이 떨어지다'로 읽을 수도 있고 '떨어진 잎'으로 봐도 된다. 가을이 깊어졌다는 걸 분명히 알려 주는 것이 낙엽이다. 잎이 떨어지거나 떨어진 잎이 뒹굴거리는 모습이 눈에 보일 때는 이미 그 안에 겨울이 들어 있고, 어느덧 나의 마음은 쓸쓸함을 넘어 황량함이나 허무함을 향해 가고 있다.

옛사람들은 이 낙엽을 자신의 저물어 가는 인생에 비유했다. 사람은 누구나 저렇게 떨어질 수밖에 없는 존재다. 어디 사람만 그런가. 살아 있는 모든 것은 언젠가 모두 낙엽이 된다. 한 잎 두 잎 떨어지다 시간이 지나면서 우수수 떨어져서 여기저기 뒹군다. 이걸 보고 있으면 나도 모르게 허무한 마음이 일어나고 급기야 처량해진다.

낙엽

나뭇잎에 바람 부니 어지러이 흩날려
섬돌과 창문을 두드림에 마음이 있는 듯
가을 소리 닿는 곳 없다고 말하지 마라
밤 깊어지면 가을 소리 안 내는 게 없거든

風吹木葉亂飄零(풍취목엽란표령) 撲砌敲窓似有情(박체고창사유정)

莫說秋聲無處著(막설추성무처착) 夜深無物不秋聲(야심무물불추성)
—「落葉(낙엽)」,『四佳集(사가집)』,「四佳詩集(사가시집)」권50

조선 전기를 대표하는 대가(大家)인 사가정 서거정의 시다.
앞서 말한 대로 낙엽 소리가 들릴 지경이 되면 이미 온 세
상엔 가을이 깊어졌다는 걸 확인 시켜 주는 시인 듯하다. 이
시를 보면서 쓸쓸함을 느낄 사람도 있겠는데 나는 그런 생
각이 들지는 않는다. 낙엽을 소재로 했는데도 오히려 포근
함을 느낀다.

서거정 자신의 느낌을 적어 놓지 않아서 일 수도 있고,
일생을 높은 벼슬에 있으면서 비교적 순탄한 삶을 살았던
서거정의 생애를 알고 읽으니 그럴 수도 있겠다는 생각이
든다. 낙엽이 우수수 떨어져 바스락거리는 소리를 들으면
아무래도 조금은 심란해질 텐데 그런 게 거의 느껴지지 않
는다. 담담히 깊어가는 가을을 느끼고 있는 듯하다.

두 번째 구에 눈이 간다. 낙엽이 집안의 섬돌(계단)에 떨
어지고 창문까지 날아드는데 이 안에 '정(情)'이 있는 것 같다
고 했다. 정(情)은 보통의 경우 사람들에게 앞에 '따뜻한', '깊
은'과 같은 수식어가 붙어서 좋은 의미로 받아들여지지만,
여기에선 그런 것 없이 '생각'이나 '마음'이라는 뜻으로 읽으
면 될 것 같다. 낙엽 또는 낙엽의 소리에 무언가 전하려는

뜻이 있다는 말이다. 낙엽은 무생물인데 그렇게 보지 않은 것이다.

낙엽이 전하려는 그 마음이 무엇일까? 서거정은 그게 무언지 말해 주지 않았다. 저 시를 쓸 때 지녔던 감정이 낙엽의 마음이었을 것이다. 낙엽이 무슨 생각이 있겠나. 자신의 생각을 낙엽에 실은 것이다. 그게 무언지 모를 뿐이다. 이래서 나는 이 시를 선택했다. 내 방식대로 읽고 느끼면 되니까.

서거정의 낙엽이 말한다.

'누군가는 나를 두고 죽어 없어지는 거라고 해. 그러면서 나도 저렇게 떨어질 거라고 인생은 허무하다고 말할지도 몰라. 그렇지 않아. 누군가는 낙엽이 되어 보지도 못하고 죽기도 하거든. 내 수명만큼 살다 자연으로 돌아가는 거야. 쓸쓸하겠지만 쓸쓸하다고만 느껴선 안 되는 거지. 나는 끝까지 세상에서 내 할 일을 다 했어. 너도 그러면 되는 거야.'

누구에게나 가을이 오고 누구나 낙엽이 된다. 오늘이 오기까지 많은 일을 겪으며 살아남았고, 즐거운 일도 많았고 슬픈 일도 많았지만 세상에 섞여서 내가 할 수 있는 일을 하며 살았다. 누가 알아주었던 알아주지 않았던 세상이라는 큰 나무를 살게 해 주는 잎사귀 노릇을 했다.

서거정과 동시대를 살았던 매월당(梅月堂) 김시습(金時習, 1435~1493)은 「낙엽(落葉)」이라는 시에서 이렇게 말하였다.

낙엽

잎 떨어진다고 굳이 쓸지 않아도 된다
맑게 갠 밤에 떨어지는 소리 듣기 좋거든

落葉不可掃(낙엽불가소) 偏宜淸夜聞(편의청야문)
— 「落葉(낙엽)」, 『梅月堂集(매월당집)』 권5

나 이전에 살았던 사람들처럼 나도 그렇게 살아가려 한다.
떨어진 뒤라도 좋은 소리를 들려 주는 사람이고 싶다. 올해
도 어김없이 가을이 왔고 나의 인생도 깊어지고 있다.

내년에 피는 건
다른 꽃일 거야

옛사람의 문집에는 온갖 꽃을 소재로 쓴 시가 많다. 시를 쓴 사람치고 꽃을 다루지 않은 사람은 극소수에 불과할 정도다. 예쁘기도 하고 향기도 좋은 데다 늘 옆에서 볼 수 있기도 했기 때문에 시인뿐만 아니라 많은 이에게 사랑 받은 식물이 바로 꽃이다.

시에 가장 많이 등장하는 꽃은 매화다. 매화는 봄의 시작을 알려주는 꽃이다. 추운 날씨에 가장 먼저 꽃을 피운다. 향기가 그윽하면서도 멀리 간다. 시인들은 이런 매화를 보면서 자신도 매화처럼 세상의 모진 고난에 굴하지 않고 향기와 같은 지조를 지키리라 다짐했다. 매화에 자신의 마음을 실었다. 꼭 이처럼 매화에 감정이입을 하지 않고 그 모습 자체를 표현한 시도 매우 많다.

이 외에도 중국 동진(東晉)의 시인인 도연명(陶淵明, 365~

427?)은 벼슬을 그만두고 물러난 뒤 자신의 집 동쪽 울타리에 국화를 심고 길렀는데, 후대의 시인들은 도연명의 영향을 받아 국화를 아꼈고 국화시를 지었다. 연꽃도 많은 이에게 사랑 받았다. 불교 신자는 물론이고 조선의 유학자들도 연꽃을 좋아했다. 중국 북송(北宋)의 학자인 주돈이(周敦頤, 1017~1073)가 연꽃을 좋아했기 때문이다. 국화는 은거하는 사람의 변치 않는 마음을, 연꽃은 군자의 마음을 상징한다.

꽃의 모양이나 향기에 주목한 시도 적지 않지만 대부분의 시인들은 꽃에 의미를 부여하고 감정을 이입했다. 이런 전통은 꾸준히 이어져 현대인들 역시 옛사람들처럼 꽃을 보며 마음을 달래기도 하고, 무언가를 다짐하기도 한다. 꽃마다 붙어 있는 '꽃말'은 이런 사람들의 마음을 반영한 것이라 할 수 있다.

다른 방식으로 꽃에 자신의 감정을 이입하기도 한다. 꽃의 종류에 상관없이 꽃이 활짝 핀 모양을 보면서 내 신세를 한탄하거나 인생은 부질없다고 하면서 한숨을 쉬는 경우다. 나도 이런 적이 있고 지금도 가끔 이런 생각을 한다.

'저 꽃은 저렇게 예쁘게 피어서 사랑받는데 나는 이게 뭐냐.'

'꽃이 피었네. 나는 저렇게 피어 보지도 못하고 고생만 하며 살았는데.'

74

작약화

인생이 그 꽃과 같지 않다고 아쉬워 마라
살고 죽는 자연의 조화에 때가 있는 걸 어쩌겠나
하루아침에 바람에 떨어져 끝내 없어지니
내년에 피는 건 다른 꽃일 거야

莫惜浮生不似他(막석부생불사타) 鬼神消息奈時何(귀신소식내시하)
一朝飄落終無有(일조표락종무유) 來歲重開是別花(내세중개시별화)
— 「芍藥花(작약화)」, 『蘇齋集(소재집)』 권1

조선에서 드물게 양명학(陽明學)을 공부한 사람으로 알려진
소재(蘇齋) 노수신(盧守愼, 1515~1590)의 시다. 꼭 나한테 하는
소리 같아서 뜨끔하기도 하고 조금은 우습기도 했다. 옛사
람들이 하는 소리는 대부분 저렇다. 모든 게 자연의 조화이
고 사람은 그 조화 안에서 살며 그 흐름을 거스를 수 없다.
세상일은 모두 좋지 않고 모두 나쁘지 않다. 그러니 너무 마
음을 끓이며 살지 마라 한다.
　두 번째 구의 '귀신소식(鬼神消息)'에 대해서는 약간의 설
명이 필요하다. '귀신(鬼神)'은 우리가 알고 있는 그 무서운
귀신이 맞다. 그러나 여기선 그런 뜻으로 쓰이지 않았다. 유

학자들은 귀신을 사람이 죽어서 되는 무언가로 보기도 했지만, 그보다는 이 알 수 없는 귀신은 자연 속에서 나타나는 하나의 현상으로 보았다.

'소식(消息)'은 '소식을 전하다'라고 할 때의 그 소식이다. 역시 여기선 이 뜻으로 쓰이지 않았다. '소(消)'는 사라진다는 뜻이고, '식(息)'은 번식하다 또는 자라나다는 뜻이다. 합해서 읽으면 사물이 사라지고 생기는 일을 뜻한다. 이래서 이 시에 써 놓은 '귀신소식'은 자연의 조화 속에서 사물이 사라지고 생기는 일을 가리킨다.

마지막의 두·구를 보면서 웃으며 고개를 끄덕였다. 사람은 매년 같은 모양의 꽃을 보면서 나는 왜 저러지 못할까 하면서 한숨을 쉬지만 알고 보면 작년의 그 꽃은 이미 죽었고, 올해에 보고 있는 꽃은 새로 핀 꽃이다. 눈으로 보기에 모양만 같을 뿐 실상은 같은 꽃이 아니다. 다른 것을 보면서 같다고 여기며 일희일비를 하고 있는 것이다.

옛사람의 영향을 받아서 나도 그렇게 생각하고 살아야지 마음먹지만 일상에서 실행하기 쉽지 않다. 당장 예쁜 꽃을 보면 상대적으로 내 모습은 초라하게 느껴지고, 누구는 인생이 꽃처럼 피어서 승승장구하는데 나는 그렇지 못하니 샘도 나고 화도 난다. 그저 나보다 먼저 겪으며 살다간 사람의 말에 귀 기울이고 지금에 만족하려고 노력할 뿐이다. 나보다 나은 사람을 보면 나보다 나을 만하니 낫다고 인정하며 부러워하지 않는다.

나는 그렇지 않다고 생각해도 누군가는 나를 보며 꽃이라고 할 수도 있다. 부러워할 것 하나도 없는 날 보고 부럽다 한다. 싫든 좋든 나도 모르는 사이 나 역시 어딘가에 피어 있는 꽃이 된 것이다. 많은 이에게 주목받고 추앙받는 꽃은 아니라 할지라도 이 세상을 이루는 수많은 꽃 중 하나로 살아가고 있다.

들꽃

어딜 가나 핀 들꽃, 이름은 모르지만
초동과 목수의 시야를 밝혀 주지
꼭 상림원(上林苑)의 꽃들만 부귀한가?
하늘의 마음 씀씀이는 공평하다

野花隨處不知名(야화수처부지명) 蕘叟樵童眼界明(요수초동안계명)
豈必上林爲富貴(기필상림위부귀) 天公用意自均平(천공용의자균평)
— 「野花(야화)」,『牧隱藁(목은고)』,「牧隱詩藁(목은시고)」권2

고려 후기는 물론 한국 한시를 대표하는 시인 중 한 명인 목

은(牧隱) 이색(李穡, 1328~1396)의 시다. 이색의 온화한 성정을
볼 수 있어서 좋고, 이 시가 전하는 메시지도 마음에 든다.

'상림원(上林苑)'은 황제를 위해 만들어 둔 동산이다. 황제
의 동산이니 그 안에는 이름이 있는 꽃과 나무로 가득 차 있
을 것이다. 이 안에 있다는 것 자체로 선망의 대상이 된다.
사람이면 누구나 상림원 안의 꽃이 되고 싶어 한다. 이름을
내려고 하며 부유하게 살아가려고 노력한다.

이색은 굳이 그러려고 애를 쓸 필요가 없다고 말하고 있
다. 보기에 따라 현실에 만족하고 노력할 필요가 없다는 뜻
으로 읽힐 수도 있겠다. 옛날은 철저한 신분제 사회였으니
까 그렇다. 그러나 이 시를 읽는 독자는 한시를 읽을 수 있
는 사람들이다. 글을 읽을 수 없는 계층에게 하는 말이 아니
다. 자신과 같은 부류들이 보라고 쓴 시다.

이름이 있든 없든 누구에게나 저마다의 존재 가치가 있
다는 말이다. 주목받는 사람은 그 사람대로 그렇지 못한 사
람은 또 그 사람대로 살아가면 그만이다. 중요한 건 내가 이
세상에서 살아가고 있다는 사실이다. 이 자체로 존중 받기
에 충분하다.

이색과 노수신은 같은 꽃을 이야기했지만 주목하는 지점
이 다르다. 이색은 존재 가치에 중점을 두었고, 노수신은 존
재가 지니는 마음에 초점을 둔 것 같다. 그럼에도 불구하고

두 시가 나에게 말하고자 하는 메시지는 분명하다. 나와 남을 비교하면서 내 인생을 평가하지 말라는 것이 아닐까.

나 하나를 아끼며 살아가기도 아까운 시간에 남과 나를 비교하면서 마음을 갉아먹을 이유가 없다. 속물인 나는 죽을 때까지 이 굴레에서 완전히 벗어나지는 못하겠지만 조금이라도 자유롭기 위해 노력하려 한다. 자식, 남편, 아빠, 친구라는 이름을 지닌 꽃으로 하루하루 살아가려 한다.

나도 꽃이고 너도 꽃이다.

사색과 감성

잠깐 개었다 다시 비 오고, 비 오다 다시 개고

자연도 그러한데 세상 사람 마음이야 말해 무엇

나를 칭찬하다가도 다시 헐뜯고

이름나는 걸 피하다가도 다시 구한다

꽃이 피고 져도 봄은 어떻게 할 수 없고

구름이 오고 가도 산은 다투지 않는다

내 손님일
뿐이었다는 걸

어느 날 핸드폰에 저장해 두지 않은 번호가 찍혔다. 웬만하면 잘 받지 않는데 연락이 되려고 그랬나 보다. 대학 일 학년 때 사 학년이었던 학과 형이었다. 무려 삼십 년 만에 전화로 만났다.

　다른 선배들과 술을 한잔하다 우연히 내 이야기를 하게 됐다고 했다. 전혀 공부할 것 같지 않던 후배가 대학원에 진학해서 학위를 받고, 글을 쓰고 있다는 소식을 듣고 반가워서 바로 전화를 했단다. 전화기 너머 형의 목소리는 기분 좋게 술에 젖어 있었다.

　"야, 재욱아, 네가 그렇게 잘나간다며?"

　"아이고, 형, 잘나가긴 뭘 잘나가요. 몇십 년 만에 연락해서 첫마디가 뭐 이래요? 하하. 잘 지내죠?"

　"나야 잘 있지. 잘나간다고 연락도 안 하고 내가 이렇게 먼저 전화를 해야 되겠어?”

“그러게요. 죄송하네요. 이제 형 전화번호 알았으니까 연락할게요. 너무 반갑네.”

“그래. 알았어. 그래도 네가 나보다 잘나가다니. 하하하.”

“아, 좀 그러지 마세요. 그런 거 아니라니까.”

“좋아서 그래. 나는 공부하다가 그만뒀는데 너라도 이렇게 하고 있으니 좋다.”

하나도 변하지 않았구나. 그때나 지금이나 형은 참 유쾌하게 사는구나. 형의 전화번호를 저장했다. 이후 자주 연락하지 못했고, 한 번인가 안부 전화를 했다. 반면 형은 한두 번 나한테 연락했는데 늘 술에 젖어 있었다. 그날도 그랬다. 형이 말했다.

“너 애들도 많이 컸겠네?”

“네. 많이 컸죠. 위에 둘은 대학 다니고 있고요. 하나는 고등학생이고, 하나는 초등학교에 다니고….”

“그렇구나. 애들 크는 거 보니까 좋지?”

“네. 좋죠. 말 안 들을 때는 안 좋지만. 하하. 근데 형도 아이 있지 않아요?”

“있지.”

“형 아이도 많이 컸겠네요. 아이는 뭐 해요?”

“아, 어디로 멀리 여행 갔어.”

"그래요? 어디로?"

예나 지금이나 부모보다 먼저 세상을 떠나는 자식들이 많다. 2014년 온 나라가 슬픔에 잠겼던 세월호 참사를 떠올리지 않더라도 자식을 잃은 부모의 마음은 슬프다는 말로 덮을 수 없다. 옆에서 보기만 해도 뭐라고 말하기 어려운 마음이 드는데 이 일을 겪은 부모의 마음은 어떨지 가늠할 수 없다.

옛날에는 자식들이 병으로 죽는 경우가 많았다. 옛사람의 문집을 읽다 보면 어려서 죽은 자식, 장성해서 죽은 자식들을 떠올리는 글이 꽤 자주 보인다. 자식을 잃은 친구를 위로하는 글도 무척 많다. 이들 중 「어부사시사(漁父四時詞)」로 널리 알려진 고산 윤선도의 시는 읽는 사람으로 하여금 여러 가지 생각이 들게 한다.

마음을 푼다

길을 가다 개 한 마리를 만났어
흰둥이에 긴 꼬리를 지닌
이틀 동안 내 말을 졸졸 따라다녔고
말에서 내리면 내 신발 근처를 맴돌았지
가라고 손사래를 쳐도 덤비지 않았고

꼬리를 치는데 뭔가를 찾는 거 같기도
노비들이 기쁘게 밥을 던져 주면서
앞다투어 토끼 쫓을 생각을 했는데
오늘 아침 갑자기 보이지 않아서
모두 한숨을 쉬며 아까워했어
어디서 왔을까 부르지도 않았는데
어디로 갔을까 쫓아내지도 않았는데
세상에서 조물주가 하는 일은
온갖 일이 죄다 희극이야
얻었다고 기뻐할 거 없고
잃었다고 호들갑 떨 것도 없지
그러고 보면 우리의 삶과 죽음도
이거와 다를 게 뭐가 있겠어
이제야 알 거 같아 세상 떠난 어린 아들은
팔 년간 내 손님일 뿐이었다는 걸
이 일을 겪으며 문득 뭔가 깨달으면서
가슴을 메웠던 이 답답함이 풀어졌어
오랫동안 같이 있던 신선의 짝이
내가 너무 슬퍼하니 불쌍하게 봐서
이 개를 보내서
내 이런 생각을 열어 준 거 아닐까

길가 모래톱 물이 참 밝네
내 생각 다시 가는 곳 있을 거야

途中逢一犬(도중봉일견) 尾長而色白(미장이색백)

兩日隨我馬(양일수아마) 下馬繞我舃(하마요아석)

麾之終不懋(휘지종불무) 掉尾如有索(도미여유색)

奴婢欣投飯(노비흔투반) 爭思逐兎策(쟁사축토책)

今朝忽不見(금조홀불견) 一行深歎惜(일생심탄석)

來何不待招(래하부대초) 去何不待斥(거하부대척)

造物於人世(조물어인세) 百事渾戲劇(백사혼희극)

得之不足喜(득지부족희) 失之不足嘖(실지부족책)

人之生與死(인지생여사) 與此何殊跡(여차하수적)

乃知化去兒(내지화거아) 是我八年客(시아팔년객)

因此頓有悟(인차돈유오) 塡胸氣始釋(전흉기시석)

無乃舊仙侶(무내구선려) 哀我悲懷迫(애아비회박)

爲之遣此物(위지견차물) 以開迷惑膈(이개미혹격)

路傍沙水明(로방사수명) 我意還有適(아의환유적)

— 「遣懷(견회)」, 『孤山遺稿(고산유고)』권1

문집에는 이 시의 바로 앞에 죽은 아이를 두고 쓴 시가 한
수 더 있다. '미아(尾兒)'라고 불린 이 아이는 윤선도의 첩이

낳은 아들인데 천연두에 걸려서 죽었다고 한다. 그 시에서
는 비통한 마음을 쏟아냈고, 이 시에서는 자식의 죽음을 넘
어 사람의 죽음까지 생각의 범위를 넓혔다.

앞부분에 결말이 예상되는 이야기를 써 놓아서 이 시가
대략 어떻게 흘러갈 것인지 짐작은 했지만 '세상 떠난 어린
아들은 팔 년간 내 손님일 뿐이었다는 걸'이라는 대목에서
어디를 한 대 맞은 것 같은 느낌이 들었고, 이내 그 느낌은
진한 슬픔으로 바뀌었다.

윤선도는 우연히 만난 저 강아지를 미아로 보고 시를 썼
다. 미아는 이 강아지처럼 아빠 옆에서 귀여운 짓을 했을 것
이고, 아빠는 미아를 애지중지하면서 잘 키웠으며, 이 아이
가 좋은 사람으로 잘 커 주기를 바랐다. '앞다투어 토끼 쫓을
생각을 했다'고 한 데에 이런 아빠의 바람이 들어 있다. 이처
럼 하루하루 즐겁게 지냈는데 하루아침에 흔적도 없이 사라
져 버렸다.

영원히 답을 알 수 없다는 걸 알면서도 이런저런 질문이
머릿속에 맴돈다. 부모와 자식의 인연은 어떻게 이루어진
것이고, 그 인연이 이처럼 허무하게 끊어지는 이유는 무엇
이며, 이런 단절의 아픔을 어떻게 견디고 받아들여야 할 것
인가. 윤선도는 이 인연 모두가 조물주의 일이라 하고, 그렇
기 때문에 아무것도 할 수 없는 사람은 받아들일 수밖에 없

다며 담담히 말하고 있지만, 말이 쉽지 어떻게 가까운 사람의 죽음을 자연스럽게 받아들일 수 있는가. 그러려고 애쓰는 건 아닌가?

이 시는 윤선도가 쉰두 살 때 썼다. 옛날과 지금은 나이에 대한 관념이 다르지만, 지금으로 보면 중년 시절이라고 할 수 있는데, 무언가 명쾌한 답을 내리지 못하고 있는 걸 보면 나이가 들어도 모르는 건 끝까지 모를 수도 있다는 생각이 든다. 그럼에도 불구하고 끊임없이 질문하고 생각하는 이유는 그것이 살아 있는 사람으로서 피할 수 없는 숙명이기 때문이지 않을까. 살아 있으니 생각을 하고 살아야 하니 질문을 하는 것이다.

그나저나 '팔 년간 손님으로 머물렀던' 미아는 어디로 가버린 것일까. '어디서 왔을까 부르지도 않았는데, 어디로 갔을까 쫓아내지도 않았는데.'

형도 윤선도처럼 담담히 말했다.

"군대에 있다가 하늘나라로 갔어."

잘 모르겠다. 형의 대답 속에 서려 있는 감정이 무엇이었는지. 슬픔이었는지 체념이었는지. 요즘 말로 '갑자기 훅 들어와서' 저런 걸 생각할 겨를도 없었다. 분명한 건 형의 말투는 정말 담담했다는 것뿐이다.

순간 나는 말을 하지 못했다. 아주 잠시지만 둘 사이에

정적이 흘렀다. 뭐라고 말은 해야겠다 싶었다. 겨우 한 마디를 건넸다.

"형, 죄송해요. 제가 괜한 걸 물어서…."

형은 역시 담담하게 대답했다.

"아냐. 자식 이야기는 내가 먼저 꺼냈는데 뭘."

"아, 네. 제가 뭐라 드릴 말씀이 없네요. 형…."

"아냐. 난 괜찮아. 아들은 지금 내가 볼 수 없을 뿐이야. 언젠가는 만날 거야. 나는 아들이 하늘나라에서 잘 있을 거라고 믿어."

전화를 끊고 한참 동안 멍하니 서 있었다.

내일은
내가 나를 잊겠지

얼마 전까지만 해도 친구들은 나를 '저주 받은 기억력'이라
고 불렀다. 기억력이 저주를 받아서 나쁘다는 게 아니라 저
주를 받아서 쓸데없는 것까지 다 기억한다고 해서 붙은 별
명이다. 옛일이라도 등장인물과 상황, 나눴던 대화까지 거
의 그대로 기억했고, 초등학교부터 고등학교 때까지 학급
의 반, 번호, 담임 선생님 성함, 학급 반장 이름까지 줄줄
외웠다.
　수첩도 필요 없었다. 약속이 아무리 많아도 메모를 하지
않았다. 술에 취한 상태만 아니라면 무슨 일이든 거의 다 기
억을 했다. 학창 시절, 이후 나이가 더 들었을 때도 친구들
이 일일이 수첩에 적는 걸 보면서 속으로 비웃었다. '저걸 왜
메모하지? 기억해 두면 되는 거지.' 반면 친구들은 메모를
하지 않는 나한테 핀잔을 줬다.

"너 그러다 잊어버리면 어떡하려고? 혹시 모르니까 적어 둬."

나는 자신만만하게 받아쳤다.

"나는 절대로 안 잊어버려. 뭐 하러 적어 그걸?"

친구들에게 은근히 내 좋은 기억력을 자랑했고 속으로 자부심도 느꼈다.

딱 거기까지였다. 기억력이 급격히 떨어지는 시기가 사람마다 조금씩 차이는 있는데, 나의 경우는 사십 대 중반부터 그렇게 된 것 같다.

약속 날짜를 잊는 건 기본이고, 오늘 아침에 했던 말을 오후가 되면 잊어버렸다. 물건을 챙기는 걸 잊기도 하고, 주머니에 핸드폰을 넣어 둔 걸 잊고 여기저기 돌아다니며 찾기도 했다. 다행히 아직까지 자동차 위에 물건을 올려둔 채로 다닌 적은 없지만 이대로 몇 년 더 흐르면 그렇게 될지도 모르겠다는 생각이 든다.

이렇게 잘 잊는 걸 건망(健忘)이라 하고, 이게 심각해지면 건망증이라고 부른다. 여기에서 '건(健)'은 '굳세다'가 아니라 '잘', '심하게'라는 뜻이다. '건망'이라는 말은 당(唐)나라의 시인 백거이(白居易, 772~846)의 「우작기랑지(偶作寄朗之, 우연히 써서 낭지에게 붙이다)」에서 나왔다.

늙으니 잘 잊어버리는 일이 많아졌어도
다만 그리움만은 잊지 못하네

老來多健忘(노래다건망) 唯不忘相思(유불망상사)

이제는 건망증에 어느 정도 적응을 해서 받아들이지만 '어?
이걸 왜 잊었지?' 하는 생각이 들고, 잊는 일이 잦아지는 걸
분명히 느꼈을 때는 그렇게 화가 날 수가 없었다. 나이가 들
어 신체 능력이 떨어지는 일에는 어느 정도 적응했지만, 기
억력이 떨어지는 건 도저히 받아들일 수가 없었다.

특히 좋은 기억력은 나만의 장점이라고 자부했는데 그
게 없어진다고 생각하니 화가 났고 시간이 흐르자 서글퍼졌
다. 메모하는 습관을 들이는 데도 적지 않은 시간이 들어갔
다. 지금은 당연하게 하고 있지만 처음엔 불편하기 짝이 없
었다. 이렇게 나는 또 다른 의미를 지닌 '저주 받은 기억력'
을 지니게 됐다.

세상일에는 뭐든지 명암이 있고, 좋은 일이 다 좋지 않
으며, 나쁜 일이 다 나쁘지도 않다. 기억력이 좋아서 편리할
때도 있지만, 마음을 상할 때도 꽤 많다. 기억에는 좋은 것
과 나쁜 것이 섞여 있어서 그렇다. 시도 때도 없이 나쁜 기
억이 떠오르면 무척 괴롭다.

이래서 내 좋은 기억력에 자부심을 지니면서도 그 자부심만큼 기억을 지우고 싶은 마음도 강했다. 잊고 싶었지만 잊히지 않으니 무척 괴로웠다. 이 괴로움을 완화 시켜 준 것은 어처구니없게도 시간이었다. 나이도 크게 보면 시간에 속한다고 할 수 있는데, 나이가 들자 잊고 싶지 않아도 잊혀 갔다. 물론 이 역시 다 좋지만은 않았다. 잊음은 공평해서 좋은 일까지 잊게 만드니 그렇다.

이처럼 건망증이 심해지고 옛 기억까지 희미해져 서글퍼질 무렵, 혼자서 가만히 생각해 봤다. 남들도 나와 비슷하지 않을까 싶다. '나이가 들면 어쩔 수 없지', '잊는 건 자연스러운 거구나'에서 출발해서 '잊어야 새로운 기억으로 머리가 채워지지', '머리가 비어 버리니 편하구나'를 거쳐 '잊는 걸 보니 살아가고 있네'에 이르게 되었다. 잊기 위해 사는 건 아니지만, 잊으면서 살아간다. 그렇다면 이 삶의 끝에선 마지막으로 무엇을 잊게 될 것인가.

잊음

세상 사람 모두 나를 잊으니
사해(四海)에 이 한 몸 외로워
그들만 나를 잊을 뿐이겠나

형제들도 나를 잊겠지
오늘은 아내가 나를 잊고
내일은 내가 나를 잊겠지
이러다 보면 뒷날엔 세상 안에
친한 사람 소원한 사람 다 없어지겠지

世人皆忘我(세인개망아) 四海一身孤(사해일신고)
豈唯世忘我(기유세망아) 兄弟亦忘予(형제역망여)
今日婦忘我(금일부망아) 明日吾忘吾(명일오망오)
却後天地內(각후천지내) 了無親與疏(요무친여소)
— 「詠忘(영망)」, 『東國李相國集(동국이상국집)』 권1

고려의 대시인이자 정치가인 이규보(李奎報, 1168~1241)의 시
다. 이규보의 문집인 『동국이상국집(東國李相國集)』은 젊은 시
절에 쓴 것을 앞부분에 두고 이후 시간의 흐름에 따라 작품
을 배열한 문집이다. 옛사람의 문집 대부분이 이렇지만 『동
국이상국집』은 이규보가 살아 있을 때 직접 편찬에 관여했
기 때문에 작품의 저작 시기를 추정하기 쉬운 편에 속하는
문집이다. 이 시는 이규보가 이십 대에 쓴 것이다.
　　이규보의 시는 후대 사람들에게 참신하다는 평을 듣는
다. 옛날 사람은 평균수명이 짧아서 삼십 대만 되어도 자신

을 노인으로 취급하는 경우가 많았기 때문에 이십 대에 이런 시를 쓴 것이 크게 특별하다고 할 수는 없겠지만, 그럼에도 불구하고 이십 대에 꽤 무거운 주제를 떠올리고 훌륭하게 표현한 걸 보면 참신하다는 평에 고개를 끄덕일 만하다.

이규보는 젊은 시절에 좋은 재능을 지니고도 벼슬을 하지 못하다가 서른두 살 때 낮은 관직을 얻긴 했으나 일 년 사 개월 만에 파직되었다. 이후 부침을 거듭하다 마흔여덟 살이 되어서야 순탄한 벼슬살이를 시작했다. 이렇게 보면 저 시를 통해 자신의 능력을 알아주지 않는 세상에 대한 원망, 고독감을 드러냈다고 볼 수도 있겠다.

그러나 '오늘은 아내가 나를 잊고, 내일은 내가 나를 잊겠지'라며 모든 감정을 '나'로 수렴하면서 잊음을 통해 삶 자체를 생각해 보고, 결국 이 외로움이라는 것은 나만 가진 게 아니라 세상 사람 모두가 지닌 것이며, 나와 타인, 타인과 타인의 관계에서 발생하는 친소의 관계도 어찌 보면 부질없다고 하는 걸 보면 단순히 불우한 자신의 처지를 탓하고 있지는 않은 것 같다.

잊음을 통해 내 존재마저 초월하려 하기 때문이다. 이 시의 한글 풀이를 짐작하는 어투로 써 둔 이유가 있다. 저 시를 쓸 때 이규보는 살아갈 날이 많은 사람이라서 그렇다. 아직 잊어 가는 나이로 접어들지 않았다. 그럼에도 이 시를 읽으며 고개를 끄덕이는 건 잊어 가는 나이가 되어 보니 삶이 이규보의 짐작대로 흘러가고 있기 때문이 아닐까 한다. 남들이 나를 잊는 것처럼 나도 남을 잊으며 살아간다. 끝내는 내가 나를 잊게 될 것이다. 이렇게 보면 잊는 걸 두고 좋다 나쁘다 할 것도 없고 그저 살아가는 일 중 하나일 뿐이라고 담담히 받아들일 수 있지 않을까.

이십 대의 이규보와 오십 대의 나는 아직 죽지 않았다. 크고 작은 일을 겪으면서 기억하고 잊으면서 살아가고 있다. 내가 나를 잊게 될 날이 언제인지 알 수 없고, 그날이 닥쳤을 때 잊을 수 있을지 없을지도 모른다. 다 잊는 날까지 살아 보질 않았으니 그걸 어떻게 알 수 있을까.

다만 한 가지 분명해 보이는 건 있다. 잊음을 통해 나는 좀 더 자유로워지고 있다고 생각한다.

나는 이제 서글프지 않다.

산촌의 방아소리
희미하게 들려온다

초등학교에 들어갈 무렵 어머니는 이렇게 말씀하셨다.

"낮잠 자면 안 된다. 그럼 밤에 잠을 못 자."

아버지도 한 말씀 하셨다.

"사람은 낮에 일해야 되는 거다. 낮잠은 게으른 사람이나 자는 거다."

이런 말을 듣고 자라서 그런지 웬만해선 나이가 든 지금에도 낮잠을 자지 않는다. 생각해 보면 부모님 말씀에 일리가 있다. 대부분 낮에는 열심히 움직이는데 나만 한가하게 잠을 자고 있으면 한심해 보일 수도 있겠지. 그러나 밤에 잠들기 어렵다는 건 그런대로 인정할 만하지만 그 뒤의 말은 어릴 때나 지금이나 동의하진 않는다.

잘은 모르겠지만 적지 않은 사람들이 낮잠에 대해 좋은 마음을 품고 있지는 않은 것 같다. 이런 생각은 어디에서 비롯되었을까? 여러 가지 이유가 있을 텐데 나는 『논어(論語)』의 한 구절이 큰 영향을 주었다고 본다.

제자인 재여(宰予)가 낮잠을 자고 있었는데 이걸 본 공자(孔子)가 말했다. "썩은 나무에는 조각을 할 수 없고, 더러운 흙으로 만든 담장엔 손질을 할 수 없으니 내가 재여에 대해 뭐라고 탓할 수 있겠나. 예전에 나는 사람을 볼 때 그 사람의 말을 듣고 그의 행동도 그와 같을 거라 믿었는데 이제는 사람을 볼 때 말을 듣고 행동까지 살피게 되었다. 재여를 통해 이전의 내 실수를 고치게 됐다.

宰予晝寢(재여주침) 子曰(자왈) 朽木(후목) 不可雕也(불가조야) 糞土之墻(분토지장) 不可杇也(불가오야) 於予與何誅(어여여하주). 子曰(자왈) 始吾於人也(시오어인야) 聽其言而信其行(청기언이신기행) 今吾於人也(금오어인야) 聽其言而觀其行(청기언이관기행) 於予與改是(어여여개시)
— 『논어(論語)』, 「공야장(公冶長)」

재여는 말을 잘하는 똑똑한 사람이었는데 낮잠을 자는 바람에 '썩은 나무', '더러운 흙으로 만든 담장'이 되어 버렸다. 공자는 말을 번드르르하게 잘하는 사람을 싫어했다. 이래서 재여가 심한 꾸중을 들은 점도 있지만, 이 꾸중의 근거가 '낮잠'인 걸 보면 공자는 낮잠을 자는 행위 자체를 매우 부정적으로 보고 있다는 사실을 알 수 있다.

이 말은 옛사람의 명언을 모아 놓은 『명심보감(明心寶鑑)』에도 수록되어 있다. 어릴 적 아버지가 이 구절을 가르쳐 주시면서 낮잠을 자지 마라 했던 기억이 난다. 그렇지만 나는 낮잠을 잤다. 공자나 부모님의 말씀이 틀렸다고 생각해서가 아니었다. 졸리니까 잤다.

매일매일 잔 건 아니라서 일상적이라고 할 수는 없어도 지금껏 살아오면서 셀 수 없을 만큼 많이 낮잠을 잤다. 대부분 졸리니까 잤을 것이고, 자고 일어났을 때 기분이 어떠했는지도 자세히 기억나지 않는다. 그러나 유년 시절에 잤던 낮잠의 느낌은 여전히 기억하고 있다.

어릴 적 내가 살던 집은 단층으로 된 기와집이었다. 주변의 집이 양옥으로 바뀌어 갔지만 우리 집은 그대로였다. 정면으로 봤을 때 왼쪽부터 방이 두 칸 있고 가운데에 작은 방 하나, 조금 옆에 방이 또 하나 있었다. 이 방들은 모두 나무로 된 마루로 연결되어 있었는데 마루는 얼음처럼 차가웠다.

할아버지는 동네 어른들과 막걸리 한잔하러 나가셨고, 할머니는 끝 방에서 길쌈을 하고 계시며, 아버지는 출근하셨고, 어머니는 수돗가나 부엌, 아니면 장독대 근처에 계실

것이고, 누나는 아직 학교에서 오지 않았다. 어린 나는 시원
한 마루에 누워서 뒹굴거리다 잠이 들었다.

　　　낮잠

밤 짧아 금세 아침 오고 낮은 긴 봄날
마당 나무엔 바람 없고 새소리만 떠들썩하다
막 낮잠에서 깨었어도 아직 눈을 감고 있는데
멀리 산촌의 방아 소리 희미하게 들려온다.

春宵易曉晝難昏(춘소이효주난혼) 庭樹無風百鳥喧(정수무풍백조훤)
新覺午眠猶閉眼(신교오면유폐안) 微聞碓響遠山村(미문대향원산촌)
— 「晝眠(주면)」, 『無名子集·詩稿(무명자집·시고)』 3책

조선의 영조(英祖), 정조(正祖), 순조(純祖) 시기를 살았던 무
명자(無名子) 윤기(尹愭, 1741~1826)의 시다. 윤기는 평생 높은
벼슬을 하지 못했지만 올곧은 정신을 지니고 있었으며 시인
의 감수성을 지닌 사람이었다고 평가 받고 있다. 이 사람이
쓴 시를 보면 마음이 차분히 가라앉으면서 편안해지는 느낌
을 받는다.
　이 시도 그런 시 중 한 편이다. 소리만으로 풍경을 그려

낸 솜씨도 좋지만 전반적으로 매우 편안한 느낌을 준다. 적막하지도 않고 떠들썩하지도 않다. 낮잠에서 깬 뒤의 기분을 표현하진 않았지만, 어떤 기분이었을지 짐작이 된다. 읽는 이의 처지에 따라 한가함, 그윽함, 상쾌함, 여유를 느낄 수 있을 것이다.

이 시는 윤기가 쉰네 살 때 썼다. 나는 윤기 또래의 나이가 되어 이 시를 읽으며 어린 시절 내 낮잠을 떠올렸다. 나와 비슷한 점이 많아서 무척 놀랐다. 시원한 마루에 누워 잠이 들었는데 마당에서 새소리가 희미하게 들린다. 잠에서 깬 것이다. 마루 앞에 있는 대추나무, 대문과 지붕을 연결하는 포도나무 넝쿨, 심지도 않았는데 싹을 내더니 어느덧 크게 자라 있는 오동나무에 이름 모를 새들이 깃들어 있을 것이다.

일어나 보니 여전히 주변엔 아무도 없다. 마루에 서서 담장 바깥을 바라보니 저 멀리 소백산 줄기가 오늘따라 조금 가까워 보인다. 잠결에 소리를 못 들은 것 같았는데 제비 한 쌍이 빠른 속도로 스쳐 날아간다. 이 시에선 '산촌의 방아 소리'가 들렸는데 어린 시절 나에겐 어머니의 목소리가 들렸다.

"비가 오려나 보네."

아내는 어디론가 외출을 했고, 딸아이들은 학교에 가서 집에 없다. 아파트 밖 도로를 달리는 자동차 소리가 들려오

지만 비교적 조용한 낮. 적당히 시원하고 이슬비가 내릴 듯
말 듯 하는 봄날이 오면 거실 소파에 누워서 잠을 청한다.

큰 걱정 없이 살았던 어린 시절, 마당에 있던 나무, 새
소리, 장독대 근처에 계신 젊은 어머니의 목소리, 아버지의
『명심보감』 읽는 소리가 그리워서 눕는다. 떠올리려 하면 할
수록 떠올려지지 않았다. 그렇게 애를 쓸수록 그 느낌이 잡
히지 않았다. 낮잠을 자며 꿈속에서 그리움을 꿔야겠다. 그
리워하기 위해 낮잠을 잔다.

함께 놀던 사람
지금 몇이나 남았을까

'고(故)'는 '옛날'이고, '향(鄕)'은 '마을', '장소'다. 그래서 누구든 '고향(故鄕)'이라는 말을 꺼내는 순간 과거를 떠올린다. 과거에는 장소를 비롯해서 만났던 사람들과 겪었던 일이 포함되어 있다. 자연스럽게 고향은 현재의 내 처지나 감정을 알려 주는 곳이 된다. 과거는 현재에 떠올리는 시간이라서 그렇다.

옛사람들은 대부분 고향을 떠올리면서 슬픈 마음을 품었다. 이런저런 이유로 현재가 만족스럽지 못하기 때문에 큰일을 겪지 않으면서 비교적 평온하게 지냈던 과거를 그리워했다. 그럼 고향으로 돌아가면 되지 않나? 아쉽게도 그걸 뜻대로 할 수 있는 사람은 많지 않았다. 당장 이곳에 일이 있는데 갑자기 다 그만두고 갈 수도 없고, 돌아간다고 해서 지금보다 나아진다는 보장도 없기 때문이다. 이러니 슬픈 마음이 들 수밖에 없다.

고향 생각

백사장 낀 마을 길에 내리는 가랑비를 보니
순챗국 농어회가 딱 맛있을 때인줄 알겠다
그 옛날 함께 놀던 사람 지금 몇이나 남았을까
어제와 오늘을 생각해 보니 저절로 슬퍼진다

白沙村路雨絲絲(백사촌로우사사) 蓴菜鱸魚正美時(순채로어정미시)
當日同遊今有幾(당일동유금유기) 感今懷古自生悲(감금회고자생비)
— 「憶家山(억가산)」, 『牧隱藁(목은고)』, 「牧隱詩藁(목은시고)」 권7

가끔 하던 일을 집어치우고 고향으로 돌아가는 사람이 있기
는 했다. 중국 진(晉)나라에 장한(張翰)이라는 사람이 있었는
데 낙양에서 동조연(東曹掾)이라는 벼슬을 하고 있었다. 가을
바람이 부는 어느 날 문득 장한은 고단한 벼슬살이와 명성
을 쫓는 삶에 염증을 느꼈다. 자신의 고향인 강동(江東)에서
먹었던 순챗국과 농어회가 그립다고 하면서 벼슬을 버리고
고향으로 돌아가 버렸다.

이색은 장한의 이야기를 통해 고향을 그리워하는 마음을

표현했다. 이 이야기는 정말 유명해서 이색뿐만 아니라 아주 많은 시인이 고향에 대한 시를 쓸 때 가져다 썼다. 너무 많아서 식상할 정도인데 그만큼 고향을 그리워하면서도 가지 못하는 경우가 많다는 방증이라 보면 되겠다. 장한처럼 과감하게 하던 일을 그만둘 수 있는 용기를 부러워했다고 볼 수도 있다. 지금도 그렇지 않나? 당장 내일이 어떻게 될지도 모르면서 지금 하고 있는 일을 그만두고 살고 있는 곳을 떠날 수 있는 사람이 몇이나 되겠나.

이것도 슬픈데 고향으로 돌아가 본들 옛날에 즐겁게 놀았던 친구들도 없을 것이고, 있다고 하더라도 몇 명 남지 않았을 것이다. 그만큼 나도 늙어 버려서 그렇다. 이러니 더 슬픈 마음이 일어난다. 이렇게 보면 고향을 그리워하는 것은 그곳에서 보낸 시간을 그리워하는 것이다.

고향이 북쪽에 있어 가지 못하는 분들은 이곳의 삶이 어떠하든 갈 수 없기 때문에 늘 고향을 그리워할 것이다. 이런 경우가 아니라면 이제는 고향을 그리워하는 마음이 옛날만큼 애틋하거나 간절하지는 않을 것 같다. 언제든 마음대로 갈 수 있지는 않아도 시간을 내면 언제든 갈 수 있고, 교통도 좋아져서 빨리 갈 수 있게 되었다.

급기야 고향에 대해 큰 의미를 두지 않는 사람들이 많아졌다. 이런 경향은 세대가 밑으로 내려갈수록 더 짙어지는 듯하다. 고향에 살고 있는 사람은 그곳에 살고 있기에 그리워할 이유가 없고, 고향을 떠난 사람들과 그들의 자녀에게는 고향이 많은 장소 중 한 곳이 되어 버렸다. 얼마 전까지만 해도 객지 생활을 오래한 뒤에 반드시 고향으로 돌아가야 한다고 생각하는 사람들이 많았지만, 요즘은 그리 생각을 하지 않는 사람들도 많아졌다.

나의 경우는 경북 봉화에 부모님이 계신다. 가끔 봉화에 갈 때마다 부모님은 "너도 언젠가는 내려와서 살아야 하니 준비를 해야 하지 않냐."고 하신다. 부모님이 그리 하셨으니 나도 그러기를 바라시는 것 같다. 글쎄, 나는 잘 모르겠다. 이제는 고향에서 산 시간보다 서울에서 생활한 날이 훨씬 더 많아 이곳 생활에 익숙한데 굳이 나이 들어서 고향에 새로 적응하며 사는 게 무슨 의미가 있을지 모르겠다.

고향 집을 관리해야 하는 부모님의 걱정을 충분히 이해하면서도 이와는 별개로 고향을 두고 '반드시 돌아가야 하는 곳'이라는 생각은 하지 않는다. 지금 이 순간에도 고향을 그리워하며 돌아가고 싶어 하는 사람들이 내 말을 보면 눈살을 찌푸리며 고개를 저을지도 모르겠다.

어린 시절 고향을 떠나 서울로 이사 왔을 때 꽤 긴 시간 동안 고향 생각을 하면서 눈물을 흘린 적이 있고, 이제는 서울 사람이 다 되었는데도 가끔 고향 생각을 하면서 상념에 젖을 때도 있다. 그러나 나에게 고향은 돌아가고 싶은 곳이 아니라 어린 시절의 추억이 깃든 곳일 뿐이다. 옛날 사람은 장소와 추억까지 그리워했다면 요즘 사람인 나는 추억만 그리워한다. 물론 지금도 고향에 가면 마음이 편해지고 아주 가끔 여기에 살고 싶다는 생각이 들기도 한다. 어릴 때부터 듣고 쓰면서 버릇이 된 사투리를 들으면 포근한 느낌을 받을 때도 있다. 그러나 그것이 돌아가야 할 이유가 되지는 않는다.

고향은 옛날과 달리 시간을 내면 언제든 갈 수 있는 곳이 되었다(북쪽에 고향을 둔 사람들에게는 이 글을 쓰면서 참 송구한 마음을 지니고 있다. 하루빨리 고향에 갈 수 있는 날이 오기를 진심으로 기원한다). 어린 시절 뛰어 놀았던 곳은 어디에도 없다. 친구들을 만나면 무척 반갑다. 그러나 어릴 적 마음만으로 관계를 유지하기도 어렵다. 서로 다른 길을 걸으며 살았기 때문이다.

심지어 어떤 경우에는 차라리 만나지 않았으면 좋았을 거라는 생각이 들기도 한다. 내가 그렇게 느꼈다면 상대도 그렇게 느꼈을 가능성이 크다. 그러니까 둘 모두 부지불식간에 어린 시절의 나를 기준으로 삼아 상대를 대하면서 실망하는 것이다. 맞지 않는 거와는 별개로 이런 생각은 버려야 하지 않을까 싶다.

고향, 고향을 생각하면 온갖 장면이 떠오른다. 입가에 미
소가 번지기도 하고 울컥울컥 그리운 마음이 들기도 하고,
'그때 왜 그랬을까?' 후회하기도 한다. 고향에는 참 많은 것
이 들어 있다. 이처럼 고향은 지금의 처지와 상관없이 아련
한 마음이 일어나는 곳이다. 가끔 아련해 하고 그리워하는
것으로 만족하려다.

살림이 가난해도
여유 있겠지

나이가 들면 이것저것 신경 쓸 일이 많아진다고 한다. 따지고 보면 시기마다 해결하기 어려운 일이나 고비가 있었을 텐데 매번 새로운 걱정거리가 생기다 보니 예전의 일을 잊어버려서 이런 생각을 하는 것일 수도 있다.

그래도 어쩔 수 없이 나이를 말할 수밖에 없는 건 부모님은 늙어 가고, 결혼해서 가정을 꾸렸다면 자녀를 키워야 하고, 평균 수명이 늘어난 시대를 살면서 노후까지 생각해야 하는데 내가 무언가를 할 수 있는 시간은 자꾸만 줄어들고 있다는 사실을 나이가 들수록 확실히 체감하기 때문이다.

예전엔 '누구네 집은 부자라더라', '누구는 주식으로 돈을 벌었다더라', '누구는 집값이 떨어졌다고 걱정하더라', '누구 자식은 좋은 데 취업했다고 하더라'는 어른들의 말이나 대화를 들으면 참 마음에 들지 않았다. 아니 왜 저렇게 남의 말을 하면서 시간을 낭비하는 거지?

더구나 나는 이른바 '옛날 글'을 읽은 사람으로서 저렇게 속된 말은 하지 않아야 한다고 생각했다. 이상을 추구해야 하고, 안빈낙도(安貧樂道, 가난함을 편히 여기고 도를 즐기다) 해야지 돈이나 밝히면서 살지 않으리라 다짐했다. 돌이켜보면 이런 다짐을 할 수 있었던 건 부모님이라는 울타리가 있었기 때문에 가능했는데 가장 중요한 걸 간과했다는 생각이 든다.

여전히 저런 이야기만 하는 건 마음에 들지 않지만, 그 마음을 이해하게 되었다. 자신이 처한 현실에서 할 수 있는 최선을 다하고 있는 것이다. 돈 걱정 없이 사는 극소수를 제외한 대부분의 사람이 집값, 월급, 연금, 자녀의 취업에 마음을 쓴다. 이런 것이 모두 생존과 직결된 문제라서 그렇다. 이 안에 허영이나 욕망이 자리 잡을 틈은 넓지 않다.

이처럼 사람들은 하루아침에 해결할 수 없는 걱정거리를 품고 산다. '무소유', '욕심을 버려라'는 말이 유행해도 그건 어디까지나 이상적인 소리일 뿐 와 닿지 않는다. 잠깐 마음이 가다가도 내 현실을 생각하면 이내 답답해진다. 급기야 이런 말을 내뱉게 된다.

"잘사는 거 바라지도 않아. 평범하게 살았으면 좋겠어. 그런데 평범하게 사는 것도 어려워."

북쪽에 사는 이웃

북쪽에 이웃한 이 씨 고생하며 살았는데
아이가 크니 나란히 줄지어 김을 맨다
오이 익을 때면 시장가서 팔고 오고
벼 싹이 자란 뒤엔 도랑을 살피러 간다
책을 읽지 않았어도 유감이 없을 거고
살림이 가난해도 여유 있겠지
나그네가 길을 물으면 늘 게을리 대답하니
사람들은 장저 같은 은둔자는 아닌지 의심한다

北隣李叟能勤苦(북린이수능근고)   兒大成行尙力鋤(아대성항상력서)
瓜子熟時來賣市(과자숙시래매시)   稻苗長後去看渠(도묘장후거간거)
詩書不讀應無恨(시서부독응무한)   衣食雖貧薄有餘(의식수빈박유여)
行旅問途常懶對(행려문도상라대)   人疑避世似長沮(인의피세사장저)
── 「北隣(북린)」, 『西溪集(서계집)』 권2

조선 후기 소론(少論)계 문인으로서 노론(老論)계로부터 '사문
난적(斯文亂賊, 유교를 어지럽힌 도적)'으로 지목을 받아 고초를
겪었던 서계(西溪) 박세당(朴世堂, 1629~1703)의 시다. 자신의
집 북쪽에 사는 이 씨 성을 가진 늙은이의 삶을 관찰자 시점

에서 담담한 필치로 펼쳐 놓았다.

이 씨는 젊었을 적에 고생했지만 이젠 자식들이 다 커서 함께 일을 하며 산다. 오이가 익으면 시장에 내다 팔고, 가을이 되어 벼가 익으면 팔든 먹든 할 것이다. '책을 읽지 않아도 괜찮다'는 것은 이미 의식주가 해결되었기 때문에 무언가를 배우지 않아도 된다는 뜻이기도 하고, 굳이 책을 읽어 세상에 어떤 역할을 할 필요가 없다는 말이기도 하다. 큰 부자는 될 수 없지만 최소한 먹고살 걱정은 하지 않으면서 살고 있다.

『논어(論語)』, 「미자(微子)」편에 장저(長沮)와 걸닉(桀溺)의 일화가 실려 있다. 공자 일행은 이들이 사는 마을을 지나다가 제자인 자로(子路)를 시켜서 나루터가 어디인지 묻게 했다. 이들은 대답을 해 주지 않고 자로에게 그 누구도 세상을 바꿀 수 없으니 공자를 따라다니면서 헛수고를 하지 말고 자신들처럼 세상을 피해 은둔하라고 권했다. 공자는 조금은 무안해 하면서 "사람은 사람들이 사는 세상에서 살아야 한다. 천하에 도(道)가 있으면 내가 바꾸려고 하겠는가?"라고 말했다. 이 일화로 장저는 은둔자의 대명사처럼 쓰이게 됐다.

말하는 걸 보면 장저는 평범한 농사꾼이 아님을 알 수 있다. 세상을 바꿀 수 없다는 생각을 갖고 의도적으로 세상을 벗어나 은둔한 사람이다. 시에 등장하는 이 씨는 장저와 같은 사람이 아니다. 책을 읽지 않은, 그러니까 세상이 바뀌는 데 어떤 역할도 할 수 없는 농사꾼이다. 겉으로 보기에 장저와 비슷한 데가 있을 뿐이다.

이 시는 1668년 박세당이 마흔 살 되던 해에 파직을 당한 직후 석천(石泉)이라는 곳에 은거하고 있을 때 썼다. 이후 박세당은 예순한 살로 세상을 떠날 때까지 조정에서 벼슬을 주어도 나가지 않았다. 이런 배경을 염두에 두고 시를 읽어 보면 박세당은 이 씨를 통해 자신을 장저에 은근히 빗대고 있는 것 같다. 평범하게 사는 것처럼 보이지만 알고 보면 그렇지 않은 것이다.

이 씨의 삶을 현재 우리의 삶과 수평적으로 비교하고 싶지는 않다. 사회 구조, 사고방식이 크게 달라서 그렇다. 그러나 양자가 추구하는 평범한 삶에는 어찌 보면 비범한 노력이 필요하다는 공통점이 있는 것 같다. 옛날의 이 씨는 젊은 시절에 많은 고생을 했다. 그러고선 겨우 얻은 게 최소한 먹고 살 수 있을 만큼의 살림일 뿐이었고, 그나마도 자식이 클 때까지 기다리고서야 얻을 수 있었다. 박세당의 생각, 전편에 느껴지는 유유자적함과 여유를 걷어내면 삭막한 현실이 모습을 드러낸다.

알고 보면 현재를 사는 사람들이 마주하고 있는 현실도 이 씨의 그것과 다르지 않은 것 같다. 그렇다면 이런 가운데에서 바라는 삶의 모습은 무엇인가? 이 씨처럼 자식들과 같이 먹고사는 건 아닐 것이다. 아내나 친구들에게 물어본 적이 있다. 대부분 비슷한 대답을 했다.

"부모님 건강하고, 자식들도 큰 탈 없이 그럭저럭 먹고 살고, 우리가 늙은 뒤에 요양원을 가든 집에서 살든 죽을 때까지 쪼들리지 않으며 사는 거 아닌가?"

얼핏 보기에 최소한을 말하는 것 같지만 이루기 쉽지 않은 것이다. 내 힘으로 어쩌지 못하는 것도 있다. 부모님이 늙어 가는 건 마음 아프지만 그 시간을 내가 잡을 수는 없다. 자식의 삶도 내가 어찌할 수 있는 게 아니다. 심지어 나의 삶도…. 어쩔 수 없다고 체념하는 게 아니라 수용하는 것이다. 노력을 하되 우선 내가 추구하는 삶은 평범한 것이 아니라는 사실을 인정해야 하지 않을까.

이를 인정한다면 무엇을 두고 평범하다고 해야 하나? 먼 곳에서 찾을 필요가 없다. 지금의 내 삶이다. 남들처럼 세월을 보내며 걱정을 하며 평범하게 살고 있다.

한 사람 한 사람
모두 너인 듯

전화벨이 울린다. 친구 녀석이다.

"재욱아, 우리 오늘 저녁 7시에 종각 앞에서 만나서 술집에 가기로 했어. 시간 맞춰서 와."

알았다고 하고는 제시간에 약속 장소로 나갔다. 나온 친구도 있고 아직 도착하지 않은 친구도 있다. 누군가 말한다.

"재욱이 너는 여기에서 애들 기다리고 있어. 자리 잡은 뒤에 내가 다시 나올게."

한 십 분가량 지나서 아까 그 친구가 나온다. 여전히 아직 안 온 친구가 있다. 둘이서 이런저런 이야기를 하면서 기다린다.

"금방 오겠지."

삼십 분이 지났다. 슬슬 화가 나기 시작한다. 그러나 크게 화를 내진 않는다.

"아니 무슨 삼십 분이 지나도록 안 와? 안 오려나 보네. 십 분만 더 기다려 보고 안 오면 그냥 가자. 안 오면 안 오는 거고 오면 자기네들이 알아서 찾아오겠지 뭐."

이러고 둘이 술집으로 갔다. 길에서 사십 분을 날렸다. 전혀 화가 나지 않는 건 아니지만 그러려니 하고 만다. 나온 친구들과 즐겁게 술을 마시다 보니 여덟 시 삼십 분이 됐다. 저쪽을 보니 누군가 두리번거리고 있다. 한 시간 반이나 늦게 나온 친구다. 내가 손을 들며 소리친다.

"야, 여기야 여기."

"어? 여기 있었네? 너희들 찾아서 술집 몇 군데를 돌아다녔는지 아냐? 하하."

"왜 이렇게 늦었냐. 밖에서 사십 분 넘게 기다렸어."

"아이고, 그래? 미안해."

이러고 끝이다. 만날 장소를 정해 두고 모이면 밖에서 기다릴 일은 없을 텐데 그렇지 않았다면 이런 일은 일상이라고 할 만큼 많았다.

1990년대 초반에 성인이었던 사람들은 아마 내 이야기를 보면서 '맞아. 그땐 그랬지' 하며 웃을 테고, 현재 성인의 나이가 된 사람들은 이런 장면을 상상조차 하지 못할 것이다. 아닌 게 아니라 딸아이들한테 저 이야기를 해 주니 무척 신기해 했다.

"아빠 젊을 때만 해도 '코리안 타임'이라는 게 있었어."

"그게 뭔데?"

"한국 사람들은 약속 시간을 잘 안 지키고 늦게 나온다는 말이지."

요즘은 코리안 타임이라는 말이 사라졌다. 이게 사실은 외국인들이 한국인의 이런 습관을 지적하면서 나온 말이다. 한국인의 시간관념을 비웃는 것인데 그걸 알면서도 코리안 타임이라는 말을 스스럼없이 쓰는 사람들이 많았다. 이래서 약속에 늦은 사람에게 핀잔을 주면 이렇게 변명했다.

"코리안 타임이라는 말도 있잖아. 좀 봐주라."

저 말이 유행하던 당시에도 이미 약속 시간 좀 잘 지키자고 하는 사람들이 많았지만, 동시에 꽤 많은 사람은 약속 시간을 지키지 않는 사람을 크게 나무라지 않았다. 시간을 지키지 않은 행동을 옹호하려는 게 아니다. 요즘에 비해 그때는 여유가 있었다는 말이다.

이제는 핸드폰이 있어서 예전처럼 길거리에서 사람을 기다리며 시간을 버릴 일이 없어졌다. 게다가 다들 약속 시간도 잘 지킨다. 전혀 불편함이 없다. 그러나 가끔은 예전처럼 하릴없이 사람을 기다리고 싶을 때가 있다. 성호(星湖) 이익(李瀷, 1681~1763)의 시 안에 그 이유가 들어 있다.

사람을 기다리다

약속하지 않으면 만날 수 없고
약속을 하니 기다리기 어렵다
너에게도 바쁜 마음 있겠지
석양이 질 때까지 보고 있다

오랫동안 기다리니 마음이 피곤
시간이 가니 문득 성이 나기도
매화 보면서 먼지 가까운지 시험해 보니
여전히 너는 길 위에 있는 듯

산 밑엔 모두 가을 풀
꼭대기엔 조각구름 머물러 있다
저녁노을 밖으로 지나는 사람들
한 사람 한 사람 모두 너인 듯

無期旣不可(무기기불가) 有期候卻難(유기후각난)
忙心君必有(망심군필유) 看到夕陽殘(간도석양잔)

望久心還倦(망구심환권) 時移輒生嗔(시이첩생진)

觀梅驗遠近(관매험원근) 猶是在途身(유시재도신)

山下皆秋草(산하개추초) 山巓逗片雲(산전두편운)
行人殘照外(행인잔조외) 一一總疑君(일일총의군)
―「候人(후인)」,『星湖全集(성호전집)』권1

이익과 만나기로 약속한 사람이 누구인지 알 수는 없다. 내
용을 보니 무척 가까운 친구가 아닐까 짐작해 본다. 옛날에
는 십이지(十二支) 시간을 썼는데 가을이고 석양이 질 무렵이
면 '신시(申時, 15시~17시)' 또는 '유시(酉時, 17시~19시)' 즈음이
다. 아마 이 둘 중 어느 시간에 보자고 했을 텐데, 옛날엔 요
즘처럼 시간을 분 단위까지 정하지 않았으니 이익은 몇 시
간을 기다려야 했을 것이다.

시의 전편에 꽤 긴 시간을 기다려야만 느낄 수 있는 감정
이 다 들어 있다. 첫 번째 수에서는 이 친구를 얼마나 보고
싶어 하는지에 대해 써 놓았다. 만나려면 당연히 약속해야
한다. 빨리 보고 싶은데 그 시간이 될 때까지 기다려야 하니
조급해진다. 쉽게 말하면 약속 같은 거 하지 말고 당장 보고
싶다는 뜻이다. 그러면서 친구에게도 이런 마음이 있을 거
라 하고 있는데 실은 자기 마음이 그런 것이다.

언젠가 오랜만에 대학 선배와 만나기로 약속한 적이 있

다. 달력을 보고 날을 잡았는데 일정이 꽉 차서 한 달이나 뒤에 비는 날이 있었다. 약속을 하고는 잊고 있었는데 만나기 이틀 전에 선배한테 전화가 왔다.

"우리 내일 만나는 거?"

"엥? 우리 금요일에 보기로 했잖아요. 내일 아니라는."

"아, 그래? 근데 너무 기다리기 힘들다. 내가 이래서 달력 보고 날 잡지 말자고 했잖아. 너 다음부터는 하루나 이틀 전에 전화해."

"아니 비는 날이 없는데 어떡해요."

"하여튼 나는 못 기다리니까 다음부터는 딱 맞춰서 약속 잡자."

"네. 하하하."

이 선배도 이익하고 비슷한 사람이었나 보다.

두 번째 수도 재미있다. 오랜 시간을 기다리니 설렘이 슬슬 피곤함으로 바뀌어 가고, 아마 자신이 바라던 시간에 친구가 오지 않은 모양인지 조금씩 화가 나기도 한다. 급기야 이 친구가 올지 오지 않을지 점을 치는 데에 이른다.

'매화 보면서 먼지 가까운지 시험해 보니'라고 한 대목은 주역(周易)에 정통했던 학자인 중국 송(宋)나라의 소옹(邵雍, 1011~1077)이 매화꽃이 떨어지는 것을 보고 점을 쳤던 일에서 따온 말이다. 소옹은 나중에 이것을 좀 더 발전시켜서 아

무 글자나 한 글자를 택하여 그 글자의 획수에서 8을 뺀 나
머지 획수로 괘 하나를 뽑고, 또 아무 글자나 뽑아 그 글자
의 획수에서 6을 뺀 뒤에 음양(陰陽)의 효(爻, ─, --)를 뽑아
서 이것을 주역 내용에 맞추어 점을 쳤는데 매우 적중률이
높았다고 한다. 이것을 '매화수(梅花數)'라 부른다. 그러니까
이익은 이 매화수를 점의 대명사처럼 쓴 것이다.

　매화수와 똑같진 않지만 우리에게도 이와 비슷하게 점을
치는 방식이 있다. 코스모스 잎이나 아카시아 잎사귀를 딴
다음, 한 장 한 장 떼면서 누군가가 나를 "좋아한다, 좋아하
지 않는다." 하면서 점을 쳤던 것이 이 매화수와 비슷해 보
인다. 이익도 이렇게 친구가 어디쯤 왔는지 점을 치고 있다.
점괘를 보니 오는 중이라고 나왔다. 다행히 이 친구는 약속
을 지켜서 올 것 같다. 다시 마음을 잡고 기다려야지.

　시는 이익의 기다리는 모습을 보여주는 것으로 마무리
되었다. 결국 둘은 만났을까? 만났으면 좋았겠지만 그러지
못했어도 괜찮았을 것 같다. 또 기다리면 되는 거니까. 기다
려야만 얻을 수 있는 느낌을 얻었으니까.

　여전히 기다림은 있다. 그러나 예전과 같은 기다림은 이
제 없다. 상대가 의도적으로 핸드폰을 끄거나 연락을 받지
않는 이상 실시간으로 현재 어디에서 무엇을 하는지 알 수
있다. 이제는 기다리면서 그 사람을 생각하지 않는다. 그 시

간에 볼일을 본다.

　그렇다고 해서 그때는 좋았고 지금은 좋지 않다고 생각하는 건 아니다. 시간을 효율적으로 쓸 수 있고, 기다리다 지칠 일도 없어졌고, 쓸데없이 상대를 걱정하거나 오해하지 않아도 된다. 좋은 기억만 남아서 그렇지 그 기다림이 불편했을 것이다. 지금도 지금대로 좋다.

　다만 조금 아쉬울 뿐이다. 기다린다고 하지만 실은 오롯이 기다리는 게 아니다. 무언가를 기다려야 할 시간에 또 다른 일을 해야 한다. 생각을 정리할 겨를도 없이 무슨 일이든 빨리빨리 하는 과정에서 사람들은 지친다. 쉴 틈이 없다. 이젠 옛날로 돌아갈 수는 없지만 이래서 가끔 그 시절이 그립다. 알고 보면 그 기다림은 휴식이었기 때문이다.

　그러니 무엇이건 간에 무작정 기다려 보자. 아주 잠깐이라도 쉬어 보자.

내년 되어
올해 지은 시를 본다면

어릴 적에 이런 말을 들은 적이 있다.

"밤에 연애편지를 쓰지 마라."

"술에 취해서 글을 쓰지 마라."

술은 사람의 감정을 격하게 하고, 밤은 지나치게 솔직하게 만들어서 그런 것 같다. 이래서 다음날 어제 써 놓은 글을 보고는 손발이 오그라드는 느낌을 받거나 부끄러운 마음이 들어서 종이를 찢어 버린다. 반드시 작가가 아니더라도 글을 써 본 사람이라면 누구나 이래 본 경험이 한 번쯤 있을 것이다.

이처럼 이미 해 버린 행동에 대해 아쉬워하는 것을 후회라고 부른다. 반드시 지난 잘못을 뉘우치는 것만을 두고 후회라고 하지는 않는다. 어제 써 놓은 글을 보면서 '아, 내가 왜 이런 글을 썼지?' 생각하는 것도 후회다. 다른 후회는 그

일을 돌이키기 어렵지만 이 후회는 돌이킬 수가 있다. 써 놓은 글을 버리거나, 다음부터 지나치게 감정이 드러나는 글을 쓰지 않으면 된다.

후회를 했으면서도 다시 밤을 맞이하거나 술을 마시면 같은 일을 반복한다. 그러지 않으려고 나는 언제부턴가 이런저런 감정이 불쑥불쑥 올라올 때면 글을 써 두고, 다음날이 오면 어제 써 둔 글을 읽지 않고 바로 휴지통에 버리곤했다. 다른 사람들은 어떤지 모르겠다.

요즘엔 인터넷 게시판이나 SNS에 글을 쓴다. 글이 마음에 들지 않으면 삭제를 하면 되니까 예전처럼 종이를 찢어서 버릴 일은 없어졌다. 그러나 삭제를 하기 전에 누군가가 스크린샷을 찍어서 내 글을 보관하면 버리고 싶어도 버릴 수가 없다.

그간 나도 참 많은 글을 지웠다. 그땐 분명 내 생각이 옳았는데 지금 보니 틀렸고, 최대한 감정을 조절하면서 썼다고 생각했는데 다시 보니 한 줄 한 줄에 격한 감정이 드러나있다. 부끄럽기 짝이 없었다. 속으로 글을 써 놓고 지우는 사람들을 비웃었는데 정작 내가 그러고 있는 걸 보면서 화도 났다. 혹시 누군가가 지니고 있을 거라는 생각이 드니 후회감이 밀려들었다. 그때나 지금이나 같은 후회를 반복하고있는 셈이다.

고려 중기의 이규보는 당대는 물론이고 후대에 이르기까지 대시인으로 평가받는 사람이다. 무신정권(武臣政權)에 아부했고, 몽골이 고려를 침입했을 때 정치가로서 큰 역할을 못했다고 혹평하는 사람들도 꽤 있지만, 이 사람의 시와 문장에서의 성취는 가볍게 볼 수 없다.

이규보의 문집인 『동국이상국집』에는 모두 2,058수의 시가 실려 있다. 고려와 조선의 수많은 문인 중에 많은 양의 시를 남긴 축에 속한다. 이 숫자만 봐도 많다는 생각이 드는데 더 놀라운 건 이규보가 썼던 시의 양이 7,000에서 8,000수에 이르렀다는 점이다. 문집에 남아 있는 건 그중 살아남은 시라고 할 수 있다.

그럼 그 많던 시는 다 어디로 갔을까? 이규보가 자신의 문집을 편찬하는 과정에서 버린 것도 있고, 원고를 태워서 없애 버린 것도 있다. 아마 문집에 실릴 만큼의 수준이 되지 않는다고 판단한 글이나 정치적으로 민감한 내용이 들어 있는 시를 버렸을 것이다.

　　원고를 불사르고

어릴 때부터 가사를 썼는데
붓을 놀리면 주저함이 없었지

스스로 내 글은 아름다운 옥 같으니

누가 감히 흠잡을 수 있겠느냐 자부했지

뒷날 다시 찾아 읽어 보니

매 편에 좋은 글귀 없어서

상자를 차마 더럽히지 못하겠단 생각에

아침밥 짓는 아궁이에 넣어 태워 버렸지

내년 되어 올해 지은 시를 본다면

지금처럼 또 던져 버리게 될 거야

이래서 당나라 시인 고적(高適)은

쉰 살이 되고서야 시를 썼겠지

少年著歌詞(소년저가사) 下筆元無疑(하필원무의)

自謂如美玉(자위여미옥) 誰敢論瑕疵(수감론하자)

後日復尋繹(후일부심역) 每篇無好辭(매편무호사)

不忍汚箱衍(불인오상연) 焚之付晨炊(분지부신취)

明年視今年(명년시금년) 棄擲一如斯(기척일여사)

所以高常侍(소이고상시) 五十始爲詩(오십시위시)

— 「焚藁(분고) 焚三百餘首(분삼백여수)」, 『東國李相國集(동국이상국집)』 권13

글을 태워 버릴 때의 마음이 나와 비슷하다는 생각이 든다.
남들한테 말할 땐 "저 글 못 쓴다."고 겸양을 한다. 실제로

나보다 잘 쓰는 사람이 많기 때문에 그렇다. 동시에 글을 쓰
는 사람이 자기 글에 대한 자부심까지 버릴 수는 없다. 잘
썼다는 생각이 들어서 자부심을 느끼는 것이 아니라 한 편
의 글을 쓰기 위해 나름의 최선을 다했기 때문이다.

그 자부심마저 나이가 들어서 보니 별것 아니었다. 이규
보는 '좋은 말이 없어서 원고를 담아 두는 상자가 더럽혀질
까 봐 버렸다'고 했다. 사실은 나이가 들면서 생각이 변한 것
이라 할 수 있는데 이를 좋게 보면 발전했다고 볼 수도 있다.
그간 많은 일을 겪으며 글을 썼을 텐데 그사이에 생각도 깊
어지고 아는 것도 많아졌다. 이런 까닭에 예전에 썼던 글이
마음에 들지 않는 것이다.

내일이 되면 또 생각이 바뀔 수 있다. 이렇게 보면 글을
쓰는 사람은 하루하루 후회를 하며 살아간다고 할 수도 있
겠다. 그러나 글을 쓰는 사람은 끊임없이 후회를 해야 한다.
내 글에 만족하는 순간부터 퇴보가 시작되기 때문이다. 이
건 글 쓰는 사람에게만 해당하지 않는다. 사람들 모두 이러
해야 더 나은 방향으로 살아갈 수 있다.

매일매일 후회하며 산다면 언제 글을 쓸 수 있을까. 이규
보의 말대로라면 글을 쓸 수가 없다. 내년이 되어 올해에 쓴
글을 본다면 또 없애 버리고 싶다는 생각이 들 텐데 어떻게
글을 쓸 수 있겠나. 여기에서 이규보는 한 가지 방법을 떠올

려 보았다. 나이 오십이면 인생을 알 수 있으니 그 나이가 돼서 글쓰기를 시작하는 것이다. 저 시절에 오십 세면 지금 으로 따지면 할아버지라고 불리는 나이다. '고상시(高常侍)'는 중국 당(唐)나라의 시인인 고적(高適, 702(?)~765)이 산기상시 (散騎常侍)라는 벼슬을 했기 때문에 붙은 말이다.

그렇다고 해서 오십 세부터 시를 써야 한다는 말은 아니 다. 그만큼 깊은 사유를 지니기 어렵고 훌륭한 글을 쓰기 어 렵다는 말을 오십이라는 나이로 표현한 것이라고 보면 되겠 다. 어찌 되었건 이 시를 액면 그대로 읽어 보면 '오십이 넘 어서 글을 쓰면 후회할 일이 적어질 거라'는 생각을 할 수 있 다는 말이다.

과연 그럴까? 고적처럼 오십 세가 넘어서 시를 쓰고, 어 떤 행동을 하면 후회하는 일이 줄어들까? 잘 모르겠다. 옛날 과 같은 오십 대는 아니지만, 오십을 넘겨 보니 꼭 그렇지는 않은 것 같다. 후회할 일을 줄이려고 노력해 보는데 쉽게 되 지 않는다. 여전히 글쓰기는 어렵고, 오늘 써 둔 글을 내일 다시 읽으면 마음에 들지 않는다.

지금까지 써 둔 책을 보면 더욱 부끄럽다. 남들에게 부끄 럽다고 했다가 이런 말을 들었다.

"그럼 옛날에 당신 책을 읽은 사람은 뭐가 되는가. 그때 는 그때 나름대로의 가치가 있다."

한 방 맞은 기분이었다. 그러게. 내 책을 읽고 공감을 했던 사람은 뭐가 되지? 나처럼 부끄러워하라고 할 수도 없잖아. 솔직한 고백이자 동시에 겸양이기도 했던 그 부끄러움조차 오롯이 나의 일부라고 인정한다. 더 좋아지기 위해 노력하면 그만이다.

후회하지 않고 살면 좋겠지만 그렇게 살 수 있는 사람은 거의 없다. 늘 크고 작은 후회를 하면서 사는 게 사람이다. 이규보처럼 내 글을 불사르지 않으려 한다. 글을 불사른다고 해서 이미 해 버린 후회를 돌이킬 수도 없다. 내일 혹은 내년에 후회를 하더라도 스스로를 불 속에 던지지 않으려 한다.

구름이 오고 가도
산은 다투지 않는다

가끔씩 유명해지고 싶다는 생각이 들 때가 있다. 사람들이 내 글을 좋아해 주고, 하는 말에 고개를 끄덕여 주면 얼마나 신나고 즐거울까. 무엇보다 유명해진다는 건 글이 잘 팔려서 돈이 들어온다는 걸 의미하기도 하니 더욱 그런 생각이 들었다. 유명하기만 하고 돈을 벌지 못하는 사람도 있긴 하겠지만 대체로 자기 분야에서 유명해지면 돈은 따라오는 것 같다.

일종의 가책을 느끼기도 한다. 그래도 인문학, 그중에서도 훌륭한 말만 골라서 하는 옛 성현의 학문을 했다면서 속물처럼 돈이나 밝히고 있다니. 재물과 명성이 높아지는 걸 경계하지는 못할망정 도리어 이런 걸 추구하다니. 옛 어른들은 늘 자기에게 '수양이 부족하다'고 했는데 나는 부족하다 못해 수양이 뭔지도 모르는구나.

요즘의 유명한 사람들도 마찬가지다. 옛 성현들이 그랬던 것처럼 대부분 부와 명성은 부질없다고 말한다. 그걸 얻으려고 그렇게 노력했는데 막상 얻고 보니 별거 아니더라는 것이다. 그런데 가만히 보면 현재 이를 누리고 있는 사람들은 저런 말을 잘 하지 않는다. 당장 즐겁고, 잃을 거라는 생각을 하지 않아서 그런 듯하다. 정점에서 내려왔거나 잃어 본 경험이 있는 사람들이 주로 저런 말을 하는 것으로 보인다.

현재 부와 명성을 누리고 있는 사람들은 이들의 경험담을 참고하며 자신을 단속한다. 단속하는 사람은 오래 가지만 그렇지 않은 사람은 결국 다 잃는다. 여기서 중요한 건 '오래 간다'다. 예나 지금이나 영원히 누리는 사람은 없다. 평생 누리다 간 사람은 영원히 누렸다고 할 수 있지 않나? 그렇지 않다. 그렇게 보일 뿐 당사자는 더 얻지 못해서 속을 끓였을 것이다. 이건 알기 쉽다. 사람의 욕심에는 끝이 없기 때문이다. 앉으면 눕고 싶으며 누우면 자고 싶어 하는 게 인지상정이다.

얻기도 쉽지 않고 얻는다 해도 지속하기 쉽지 않다. 천신만고 끝에 얻었더라도 잃어버리면 노력한 만큼 혹은 그 이상의 상실감이 찾아 든다. 이래도 굳이 얻기를 바라고 얻으려고 노력해야 되나? 그래. 노력은 힘들고 귀찮아서 하지 않는다 치더라도 바라기는 한다. 왜? 이걸 가지고 있으면 몸은

편하고 마음은 즐거울 것이기 때문이다. 돈이 많은데다 남들이 떠 받들어 줄 만큼의 명성을 지니고 있다면 즐겁지 않을 이유가 없다.

생각이 생각을 낳는다. 너무 많은 돈을 가지고 있으면 지키지 못해서, 더 가지지 못해서 즐겁지 않을 것이고, 명성이 높아지면 이를 유지하기 위해 남들의 눈치를 봐야 하니 즐겁지 않을 것이다. 내가 세상에서 무슨 일이든 하는 이유는 편하고 즐겁게 살기 위해서인데 이것저것 따져 보니 결국엔 그렇게 살 수 있는 길이 없는 것 같다.

뛰어난 재주를 지니고도 세상에 섞이지 못하고 살다간 매월당 김시습도 나와 비슷한 생각을 지니고 있었다. 김시습은 수양대군(首陽大君)이 단종(端宗)을 쫓아내고 왕좌에 앉는 걸 보고 분을 이기지 못해 속세를 떠나 중이 되었다. 이후 미친 척하면서 자유롭게 살다 죽었다. 그래서인지 김시습은 이 세상 어디에도 즐거움을 얻을 곳은 없다고 했다.

　잠깐 개었다 잠깐 비 오다

잠깐 개었다 다시 비 오고, 비 오다 다시 개고
자연도 그러한데 세상 사람 마음이야 말해 무엇
나를 칭찬하다가도 다시 헐뜯고

이름나는 걸 피하다가도 다시 구한다
꽃이 피고 져도 봄은 어떻게 할 수 없고
구름이 오고 가도 산은 다투지 않는다
당신들에게 말해 줄 테니 기억했으면 한다
즐거움 취할 곳은 평생 가도 없을 거란 걸

乍晴還雨雨還晴(사청환우우환청) 天道猶然況世情(천도유연황세정)
譽我便應還毀我(예아변응환훼아) 逃名却自爲求名(도명각자위구명)
花開花謝春何管(화개화사춘하관) 雲去雲來山不爭(운거운래산부쟁)
寄語世人須記認(기어세인수기인) 取歡無處得平生(취환무처득평생)
—「乍晴乍雨(사청사우)」,『續東文選(속동문선)』권7

일정하지 않은 기후처럼 사람의 마음도 그러하다. 사람은
나에게 명성을 안겨 주기도 하고 빼앗아 가기도 한다. 사람
들은 이런 세태를 알아서 되도록 이름을 내지 않으려 하다
가도 이름을 내고 싶어서 남들에게 잘 보이려 애쓴다. 이름
이 났을 때의 즐거움을 알기 때문이다. 잃었을 때 괴로울 거
라는 걸 알고 실제로 괴로운 일을 겪게 되어도 즐거움을 얻
기 위해 노력한다.
　꽃이 피고 지거나 구름이 오고 간다고 한 건 세상의 인심
이 변하는 모습이 그렇다는 말이다. 이 변화 속에서 사람들

은 괴로워하거나 즐거워한다. 괴로우니 괴롭고 즐거움은 언젠가 끝이 나니 괴롭다. 결국 이 인생은 괴롭다. 여기에서 김시습은 이 괴로움을 끊는 방법을 제시한다. 꽃이 피고 지는 걸 '봄'이라는 계절이 맘대로 할 수 없다. 구름이 오고 가는 걸 '산'이라는 장소가 조종할 수 없다. 내가 사계절의 일부인 봄이 되고, 아무 일에도 관여하지 않는 산이 된다면 괴로움을 없앨 수 있다.

이 세상은 우리 힘으로 어떻게 할 수 있는 곳이 아니다. 이런 줄 모르고 내 맘대로 즐거움을 느끼려 해 봐야 안 될 거라는 말이다. 이 세상엔 즐거움을 얻을 곳이 없다. 즐거움을 얻을 곳이 없는데 즐거움을 얻을 수 있는 방법은 또 어디 있겠나.

이렇게 써 놓고 보니 무척 우울해진다. 무슨 말인 줄 알겠는데, 고개는 끄덕여지는데 모두 받아들이기 어렵다. 여전히 나는 많은 돈을 가지고 싶고, 이름을 얻고 싶어 하기 때문이다. 잃어도 괴롭고 얻어도 괴로운 것이라면 까짓것 일단 얻어나 보고 싶다.

김시습의 저 시는 대체로 이 사람이 살았던 삶의 궤적을 바탕으로 해석된다. 세상에서 꺾여서 세상을 떠나 중이 되어 살았기 때문에 스스로에게 또는 이 시를 읽는 사람들에게 세속을 초월하라고 권유하거나 주장하는 시다. 한편으로 마지막 두 구를 보면 여전히 불합리한 세상에 분노를 터트리는 것 같기도 하다.

"너희들 지금의 즐거움이 영원할 거 같지? 아냐. 영원한 건 없어. 결국은 너희들도 괴로울 거야!"

어떻게 읽든 수긍이 되고 마음이 조금 편해지는 면도 있다. 세상일은 내 뜻대로 어찌 할 수 있는 게 거의 없다는 사실을 새삼 느끼게 되었으니까. 나는 앞으로도 부유해지려 하고, 유명해지려는 마음을 버리지 못하며 전전긍긍 하겠지만, 내 맘대로 되는 건 아니니까 조금 덜 괴로워하고자 한다.

돈은 둘째로 치더라도 이렇게 내 이름을 걸고 글을 쓰고 적지 않은 사람이 읽어 주고 좋아해 주고 있으니 이 정도면 유명한 거 아닌가? 더 유명해지면 좋긴 하겠지만 그건 다음 문제고, 누군가는 나를 유명인으로 여길 수도 있을 테니 이만큼만 유명해도 괜찮을 것 같다. 이 역시 내가 어찌할 수 없는 문제다. "저 안 유명해요. 더 유명해져야 돼요." 이럴 수도 없는 거잖아.

나의 이런 생각이 '유명해져 봐야 뭐하나' 싶은 체념이든 '이 정도면 됐지'라는 만족이든 '힘드니까 더 노력하지 않을 거야'라는 포기든 간에 이런 마음을 지니고 있으니 무척 마음이 편하고 즐겁다. 물론 오늘의 나는 여전히 속물이라서 가끔 유명해지고 싶다는 생각을 하면서 동시에 '내가 또 이러는구나. 아직 멀었네'라고 가책도 하면서 살아가려 한다.
어떤 마음이든 그 안에 즐거움이 들어 있다고 믿으면서.

너를 바라보는데
애가 끊어질 듯

1982년 초등학교 5학년 1학기를 마치고 경북 영주에서 서울로 이사를 왔다. 다행히 서울에서 좋은 친구들을 만난 덕분에 유년 시절을 잘 보냈다. 그렇게 커서 지금껏 서울 사람으로 잘 지내고 있지만 중학교 2학년 때까지는 조금 힘이 들었다. 가족 외에 아는 사람이 단 한 명도 없는 낯선 곳에서 사는 게 쉽지 않았다.

나는 2대 독자라서 삼촌과 사촌이 없다. 영주에 있는 육촌 형제들이 너무 보고 싶었다. 가끔씩 다투기도 했지만 한 동네에서 매일 같이 놀면서 정이 들었다. 매일 보던 사람을 보지 못하는 게 그렇게 괴로운 일인 줄 그때 알았다. 지금이야 '든 자리는 몰라도 난 자리는 안다'는 말이라도 하지, 어릴 적엔 어디다 말도 못하고 혼자서 속을 끓였다.

그 시절엔 지금처럼 교통 환경이 좋지도 않았고, 부모님도 살기 바빠서 평소에 영주로 내려가는 건 꿈도 꾸지 못했다. 설날과 추석에 사람이 미어터지는 열차 안에 끼여서 잠깐 내려갔던 게 전부였다. 방학 때도 한두 번 내려간 것 같기는 한데 오래 머문 적은 없다.

어느 해의 여름 방학에 재도, 재훈 형제가 서울에 놀러 온다는 말을 들었다. 재도는 형이고 재훈은 동생이다. 온다는 말을 들은 날부터 날짜를 세기 시작했다. 시간이 가지 않았다. 지금 같으면 다른 일을 하면서 시간을 보냈을 텐데 어린아이가 그런 생각을 하기 쉽지 않았다. 설렘과 지루함이 공존하는 하루하루를 보냈다.

엄마와 함께 두 형제 마중을 나갔다. 땡볕이 내리쬐는 청량리역 플랫폼에서 땀을 뻘뻘 흘리며 둘을 기다렸다. 몇 분 후면 둘을 태운 통일호 열차가 이곳으로 들어올 것이다. 그 몇 분도 무척 느리게 갔다. 멀리서 경적 소리가 들리더니 이내 기차 모습이 눈에 들어왔다.

셋이서 텔레비전 뉴스에서나 보던 수영장에 가고, 어린이대공원에 가고, 남산 케이블카도 탔다. 서울 친구들과 있을 땐 되지도 않는 서울말을 써야 했는데 형제들한테는 그럴 필요가 없다. 강원, 경북, 충북의 억양이 적당히 섞인 경북 북부 사투리로 신나게 떠들어 댔다. 한참 시간이 지난 뒤에 재훈이가 방학 숙제로 제출했던 일기장을 우연히 보았다. 서울에 도착했다는 말을 이렇게 써 놓았다.

"기차는 하마 서울에 닿았습니다."

'하마'는 '벌써'라는 뜻의 경북 사투리다. '빠르다', '일찍'이라는 뜻이 들어 있기도 하다. 이 문장을 보면서 재훈이한테 이게 뭐냐고 하면서 웃었던 기억이 난다.

기다릴 땐 그렇게 시간이 가지 않더니 함께 있을 때 왜 또 그리 시간이 빨리 가던지. 길 것 같던 며칠이 무척 빠르게 지나 버렸다. 다시 땡볕이 내리쬐는 청량리역 플랫폼에 섰다. 형제는 우리 엄마한테 인사를 했다.

"아지매요. 안녕히 계세요."

나한테도 인사를 했다.

"잘 있어래이."

두 형제는 열차에 올랐고, 엄마와 나는 여전히 이곳에 서 있다. 경적이 울리고 기차가 조금씩 움직인다. 나도 모르게 눈물이 났다. 엄마가 보면 뭐라고 할까 봐 기차의 반대 방향으로 몸을 돌리고 천천히 걸으면서 눈물을 흘렸다. 집에 돌아왔는데 엄마가 말했다.

"니 아까 울었재?"

"…"

"얼마나 섭섭했겠노."

사람을 보낸 뒤에

네가 오는 건 어찌 그리 느렸는지
간다는 말은 왜 또 그리 급한지
아침에 눈물 뿌리며 작별하고
저물녘엔 누구의 집에서 자려는지
북풍은 끊임없이 불고
다리 밑의 물은 급히 흘러
성 밑의 굽이진 길로 가는
너를 바라보는데 애가 끊어질 듯
빈산에 혼자 서 있다가
돌아보니 옷에는 눈이 가득

子來何遲遲(자래하지지) 告歸何局促(고귀하국촉)
朝揮辭我淚(조휘사아루) 暮投何人宿(모투하인숙)
朔風吹不休(삭풍취불휴) 河橋水流急(하교수류급)
威遲城下路(위지성하로) 望子愁欲絶(망자수욕절)
獨自立空山(독자립공산) 回看滿衣雪(회간만의설)
— 「送人(송인)」, 『龜峯集(구봉집)』 권1

신분제가 엄격했던 조선 시대에 서얼로 태어났으면서도 벼슬자리에 나갔고, 정쟁에서 패해 천민이 되었다가 곡절 끝에 다시 신분이 회복되는 등 순탄치 않은 인생을 살았던 구봉(龜峯) 송익필(宋翼弼, 1534~1599)의 시다. 누군가를 배웅해 본 사람이라면 읽으면서 고개를 끄덕일 수 있는 시가 아닌가 한다.

송익필과 그의 친구는 겨울에 만났다 이별했음을 알 수 있다. 친구를 기다리는 마음, 보낼 때의 섭섭함, 혹시 해가 짧은 겨울에 고생하지는 않을까 하는 염려, 조금이라도 더 친구의 모습을 보고 싶어서 친구가 보이지 않을 때까지 눈을 떼지 못하는 애틋함이 한 수 안에 다 들어 있다.

전편이 다 좋지만 특히 마지막 두 구가 더 눈에 들어온다. 친구를 보낼 때까지는 그래도 그 친구를 생각할 수 있었다. 그 생각 안에 들어 있는 감정이 슬픔이든 뭐든 친구가 있어서 느끼는 마음이므로 여전히 둘은 함께하고 있는 것이나 다름없다. 이제 송익필은 빈산에 혼자 남았다. 좀 전의 그 마음은 이젠 채울 수 없는 외로움으로 변했다. 정신을 차려 보니 아까부터 이곳엔 눈이 오고 있었다. 눈이 옷에 가득 쌓일 때까지 오랜 시간 그 자리에 서 있었다는 것이다. 그 시간만큼의 여운이 남는다.

재도, 재훈 형제를 맞이하고 보냈던 청량리역 플랫폼이 떠올랐다. 내 마음과 송익필의 마음은 크게 다르지 않다는 생각이 들었다. 시를 보며 예전의 그 마음을 떠올리고, 사람을 떠올리며, 잊고 지냈던 사람의 향기를 꺼내 보았다.

요즘은 옛날과 달라서 교통 환경이 좋아진 건 물론이고 멀리 떨어져 있는 사람과 얼굴을 보면서 이야기를 나눌 수 있다. 이건 이거대로 편리하고 좋지만 아무래도 관계 속에서 느낄 수 있는 애틋함의 두께는 예전보다 조금 얇아진 것 같다. 보고 싶으면 언제라도 볼 수 있는 그 편리함이 오히려 사람 관계를 더 소원하게 하는 면도 있는 것 같다.

사람을 만나고 배웅하는 일은 앞으로도 계속될 것이다. 다만 이번에 보내고 나면 다시 만날 기약이 없는 배웅은 점점 줄어들지 않을까. 나쁘지 않다. 언제든 만날 수 있는 청량리역 플랫폼이 이곳저곳에 많이 생겼기 때문이다.

두 형제를 배웅했던 그 마음으로 그 둘에게 오랜만에 연락해서 목소리라도 들어 봐야겠다.

"형, 잘 지내고 있지?"

천년이 지난 뒤엔
또 살기를 바라겠지

가끔 동네에서 만나는 안 선생님이라는 분이 있다. 예전에 아파트 같은 동에 살았는데 내가 다른 동으로 이사를 나오면서 자주 만나지는 못한다. 나보다 연상에 사업을 하는 분이라 이야기를 하면서 배우는 게 참 많다. 어느 날 안 선생님이 말했다.

"김 선생님, 사람이 돈을 벌 만큼 벌어서 사는 게 괜찮아지잖아요? 그럼 무슨 욕심을 내는지 아세요?"

"글쎄요. 돈을 많이 벌어본 적이 없어서 잘 모르겠는데요. 사람 욕심은 끝이 없으니 돈을 더 벌려고 하지 않을까요?"

"네, 그렇죠. 돈이 많으면 할 수 있는 게 많아지니까 더 가지려고 하죠. 그런데 재벌이 아닌 이상 평생 돈을 벌 수 있는 사람은 많지 않잖아요."

"네, 그렇겠네요. 누구에게나 한계라는 게 있으니…."

"다들 자기가 번 돈을 가지고 노년에 어떻게 살지 계획을 해요. 그게 어느 정도 되면 더 이상 돈을 바라지 않고, 다른 쪽으로 욕심을 내요. 그게 뭔지 아세요?"

"노후 계획까지 다 됐는데 다른 욕심을 낼 게 뭐 있나요? 하하. 모르겠는데요."

"더 살려고 합니다. 건강하게 오래 살고 싶어 해요."

'어? 그러게. 내가 왜 이 생각을 못했지?'

나는 웃으면서 대답했다.

"맞네요. 진시황(秦始皇)도 가질 거 다 가지니까 불사약을 얻으려고 했잖아요."

"하하. 그거하고 비슷하다고 할 수도 있겠네요. 예전부터 의료나 건강 쪽 사업은 잘돼 왔는데요. 앞으로도 이쪽 사업은 계속 잘될 겁니다. 망하기가 어려워요. 사람은 누구나 건강하게 오래 살고 싶어 하니까."

"이건 약간 다른 말이긴 한데요. 오래 살고 싶어 하는 건 당연한 거지만 거기에 집착하면 문제가 생기잖아요."

"무슨 문제요?"

"진시황은 영원히 살 수 있을 거라고 생각해서 사람들을 보내서 불사약을 찾아오라고 시켜요. 그런데 그런 약이 세상에 어디 있겠어요?"

"당연히 없죠."

"진시황이 진짜로 불사약이 있다고 생각했는지 없는데 혹시 있을지도 모르겠다고 생각했는지는 모르겠지만, 어쨌든 사람을 보냈단 말이죠. 이러니까 진시황 주변에 온갖 사기꾼들이 다 꼬였거든요. 불사약 구해 주겠다고 진시황한테 하인들이랑 재물을 왕창 달라고 해서 떠난 다음에 돌아오지 않은 사람도 있어요."

"하하. 그랬겠네요. 그런데 그게 뭐가 문제라는 거죠? 진시황이 사기 당한 거요?"

"아뇨. 진시황은 당시로 보면 되게 똑똑한 사람이었잖아요. 그 똑똑한 사람이 욕망에 눈이 멀어 버리니 판단력을 잃고 바보가 됐고요. 그러니까 말도 안 되는 사기를 당한 거 아닌가 싶어서요."

"듣고 보니 그 말도 맞네요."

이처럼 오래 살고 싶어 하는 마음을 '욕망'이라고 할 수 있는데 이 욕망이 지나치면 반드시 탈이 난다. 진시황의 지나친 욕망은 이걸 대표적으로 보여주는 사례다. 말은 이렇게 하지만 그래도 아주 극한 상황에 처해 있다면 모를까 그렇지 않다면 더 살고 싶어 하지 빨리 죽으려고 하는 사람은 세상에 한 명도 없을 것이다. 누구나 진시황처럼 바보짓을 할 수 있다는 말이다.

우연히 읊다

세상 사람 욕심은 정말 헤아리기 어려워
백 년을 산다한들 맘에 맞겠어
만약 천년을 살다 죽는다 해도
천년이 지난 뒤엔 또 살기를 바라겠지

世間人欲苦難量(세간인욕고난양) 百歲何曾稱爾情(백세하증칭이정)
若使千年方得死(약사천년방득사) 千年閱了又求生(천년열료우구생)
—「偶吟(우음)」,『東國李相國集(동국이상국집)』권11

고려의 대시인 이규보의 시다. '우음(偶吟)'에서 '우(偶)'는 '우
연히'라는 뜻이다. '음(吟)'은 소리 내어 읊는다는 뜻인데 '시
를 쓰다'는 의미로 이해하면 된다. 정리해 보면 어떤 생각을
'우연히' 하게 되어 그걸 빠르게 시로 옮겼다는 말이다. 나와
안 선생님이 이런저런 이야기를 나누다가 우연히 저런 이야
기를 한 것과 비슷하다.

   이규보의 시를 보면 예나 지금이나 사람 마음은 비슷하
다는 생각이 든다. 누구나 오래 살고 싶은 욕망을 지니고 있
다. 시에서는 천년을 이야기하지만 아마 만년을 살게 해 줘
도 만년이 끝나는 시점이 오면 더 살고 싶은 마음이 들지 않

을까. 사람들은 누구나 이렇다는 말이다. '오래 살아서 뭐 하느냐', '사람은 때가 되면 죽어야 한다'고들 하지만 건강이 유지되고 먹고사는 데 큰 지장이 없으면 저런 말을 할 사람은 많지 않을 것이다.

그래서 어쩌라는 말인가? 이런 생각을 지니면 안 되나? 이렇다 저렇다 단언하지 않았지만 이규보의 마음은 이런 생각을 지니면 안 된다는 쪽에 가깝다. 저런 생각이 당연한 거라면 출발부터 부정적인 뉘앙스를 지닌 '욕심'이라는 말을 하지 않았을 것이고, 그 욕심이 끝이 없다고 하지도 않았을 것이다. 이규보의 시 속에는 욕망을 멈추지 않는 사람들에 대한 탄식이 들어 있다고 봐도 무방해 보인다.

가끔 나한테 천년이 주어진다면 어떨까 하는 생각을 해 본 적이 있다. 이것저것 해 보고 싶은 걸 다 한 뒤에 이만하면 됐다고 여한이 없다고 생각할까? 백 년도 못 살면서 천년을 궁리하는 게 사람이라더니 별생각이 다 든다. 한편으로 백 년이든 천년이든 유한한 시간이라는 사실은 변하지 않으니 시간의 길이가 큰 의미를 지닐 것 같지도 않다.

더구나 죽음을 피할 수 있는 사람은 세상에 단 한 명도 없다. 아직 겪어보지 않았기 때문에 '혹시 나는?'이라는 생각이 들 때도 솔직히 말해 아주 가끔 있다. 다만 이건 죽기 싫다는 마음보다는 안 죽을 수도 있지 않을까 하는 우스운 호기심의 발로일 뿐이다. 사람 생각이 아주 크게 다르지 않다면 아마 나와 비슷한 생각을 해 본 사람도 어디엔가 있지 않을까?

내가 봐도 내가 어리석고, 이규보가 본 세상 사람들도 어리석다. 분명 시간이 지나면 죽을 텐데 영원히 살 것처럼 말하고 행동한다. 오래 살고 싶어서 욕심을 부린다. 이렇게 욕심을 부리는 것은 어리석은 짓이고, 욕심을 부려 봐야 되지도 않을 것이므로 욕심을 덜 부리고, 매 순간 일어나는 욕망을 덜어내는 것이 사는 데에 도움이 된다.

저런 마음으로 살다 죽으리라 마음먹는다. 그러나 오래 살고 싶어 하는 마음을 비롯한 모든 욕망에 속하는 것들을 굳이 일부러 버리고 싶지 않고, 그러기 위해 노력까지 하면서 살고 싶지는 않다. 진시황처럼 약장수한테 속는 사람들이 바보일 뿐 사람은 욕망 없이는 살 수 없는 존재라서 그렇다.

옛날 사람들은 욕망을 버려야 한다고 주장했다. 자세히 살펴보면 욕망 자체를 부정하진 않았지만 지나친 욕망으로 자신뿐만 아니라 남까지 망치는 일이 많았기 때문에 욕망의 부정적인 면을 부각했다. 이런 관념이 현재까지 알게 모르게 영향을 끼쳐서 사람들은 욕망을 좋지 않은 것으로 여기거나 욕망에 대해 말하기를 꺼리게 되었다.

돈을 더 벌려고 노력하는 사람에게 '돈을 밝힌다'고 하고, 높은 자리로 올라가려고 하는 사람에게는 '자리 욕심이 있다'고 하며, 넓은 집에서 편하게 살고 싶어 하는 사람에게 '그만하면 됐지 무슨 욕심을 부리냐'고 한다. 이 생각이 옳은지 그른지는 다음 문제고, 어디부터가 지나친 욕심인지 그에 대한 기준이 없이 말을 한다는 게 문제다. 이 기준은 사람마다 다를 수밖에 없다. 각자 처지가 달라서 그렇다.

'이기적'이라는 수식어가 붙는다고 해도 욕망을 나쁜 것이라고 할 이유는 없다. 세상은 그 개인의 욕망을 원동력으로 삼아 돌아가기 때문이다. 오래 살고 싶은 욕망이 의술의 발전을 가져왔고, 금은보화를 지니고 싶은 욕망이 화학의 발전을 가져왔다. 잘 살고 싶은 욕망이 정치의 발전에 기여했고, 편리하고 싶은 욕망이 기술의 발전을 이끌었다. 욕망의 어두운 면에만 주목해서 욕망을 나쁘다고 치부해 버리는 건 매우 편파적이다.

따지고 보면 나는 여러 사람의 욕망 덕분에 살고 있고, 나도 욕망을 지니고 있으면서 어떻게 이걸 나쁘다고만 할 수 있겠나. 이게 어찌 보면 욕심을 부리는 것보다 더 문제라는 생각이 든다.

해학과 풍자

천금으로 신을 섬겼지만 신은 흐릿흐릿
신은 흐릿흐릿 노래와 춤 끝났는데
술잔 그릇 널려 있고 날도 저물었다
남자 여자 재물 들고 무당에게 의지하니
무당은 부자 되고 집안은 텅 비었다
신이여 신이여 의지할 곳이 있다면
왜 하필 슬프게도 무당을 후대하는가

왜 사람만 만나면
침을 흘리나

이십 대 말 삼십 대 초에 전라남도 완도에 있는 신흥사에서 일 년 가까이 살았던 적이 있다. 어딜 가나 여름엔 덥다. 게다가 신흥사는 산속에 있어서 습하기도 했고, 모기를 비롯하여 이름 모를 벌레들도 꽤 많았다. 다행히 내가 사는 방은 좁아서 모기가 나오면 금방 잡을 수 있었다. 방을 나서면 모기가 들러붙어서 살충제를 뿌리고 모기향을 켜 놓고 살았다. 문득 이런 생각이 들었다.

'스님도 모기 때문에 힘들 텐데 어떻게 견딜까? 불교에선 살생을 하지 말라 하잖아.'

이렇게 생각할 만큼 불교나 스님에 대해서 모르고 있었다. 궁금했지만 온 지 얼마 되지 않기도 했고, 괜히 물어봤다가 한마디 들을 거 같기도 해서 묻지 않았다.

어느 날 주지 스님이 오전 예불을 마치고 잠시 내 방에 오셨다.

"재욱 씨, 지낼 만한가요?"

"네. 조금 습한 거 빼고는 괜찮습니다."

"여기가 산이지만 습한 곳이죠. 이런 데 살아보는 것도 좋은 경험이 될 거고, 이것도 수행의 일부라고 생각해 보세요."

이 더운 날에 가사까지 걸치고 땀을 흘리면서도 짜증나는 기색 하나 없었다. 게다가 나한테 말씀까지 건네는 모습을 보고 정말 멋있는 분이라는 생각이 들었다. 나는 반팔 상의에 반바지를 입고 있는데도 더워 죽겠는데…. 아, 역시 스님은 뭔가 달라도 다르구나. 스님과 나는 계속해서 대화를 이어갔다. 어디서 들어왔는지 모기 한 마리가 스님의 얼굴 옆에서 얼쩡거렸다.

'어? 모기네?'

그래도 스님은 아랑곳하지 않고 말씀을 이어갔다. 모기도 스님 얼굴 주변을 떠나지 않고 앵앵거렸다. 아주 잠깐 사이였다. 스님이 소매를 휘두르면서 소리를 버럭 질렀다.

"아, 이 모기 ××가?"

그러시더니 옆에 있던 살충제를 집어 들고 칙칙 뿌리시는 게 아닌가. 모기가 떨어지자 손으로 바닥을 쳐서 죽여 버렸다.

'스님이 살생을 하네? 그것도 '모기 ××'라고 하면서?'

지금이야 웃으면서 이야기하지만 그때는 스님에 대한 환상 비슷한 게 있을 때라 정말 놀랐다. 가끔 주지 스님을 뵐 때 이날 이야기를 하면 스님은 껄껄 웃으신다.

"스님도 똑같은 사람이지. 모기에 물리면 가렵잖아. 잡아야지. 허허허."

그러게. 사람은 다 똑같다. 수행하는 스님도 모기를 잡아야지. 나는 그때 주지로 계셨던 법일 스님께 계를 받아서 지금은 이분을 은사로 모시고 있다.

이처럼 사람의 피를 빨아대는 모기는 누구나 다 싫어한다. 한시 작가들은 모기의 이런 짓에 착안해서 권력에 아부하면서 빌붙어 사는 사람을 모기에 비유했다. 조선의 정조는 모기를 두고 이런 시를 남겼다.

　　모기를 미워해서

세상의 많은 앵앵거리는 녀석들
부귀해지려는 건 또 무슨 마음인가

世間多少營營客(세간다소영영객) 鑽刺朱門亦底心(찬자주문역저심)
—「憎蚊(증문)」, 『弘齋全書(홍재전서)』 권1

다산 정약용이 쓴 모기에 관한 시도 무척 재미있다.

　　모기를 미워해서

맹호가 울타리 근처에서 포효해도
코 골며 잘 수 있고
긴 뱀이 지붕 끝에 걸려 있어도
꿈틀거리는 걸 누워서 보겠는데
한 마리 모기가 앵앵거리는 소리 귀에 들리면
기겁하여 두려워서 속이 탄다
주둥이 꽂아 피 빨았으면 됐지
왜 또 뼈에까지 독기를 불어 넣느냐고
베 이불로 꽁꽁 싸매고 머리만 내놨는데도
금세 부처 머리처럼 부스럼투성이가 된다
뺨을 때려 봐도 헛방이고
넓적다리 급히 때려 봐야 이미 가고 없다
싸워도 효과 없고 잠도 못 자니
지루한 여름밤 길기가 일 년 같다
너는 되게 작으면서 천한 주제에
왜 사람만 만나면 침을 흘리나
밤에 다니는 건 도둑질 배우는 건데

날고기를 먹는다고 성현이 될 수 있겠나
생각난다 예전 대유사(大酉舍)에서 책을 교정할 때
건물 앞엔 푸른 소나무 하얀 학이 늘어서 있었고
유월에도 파리마저 얼어붙은 듯 날지 못해서
대나무 돗자리에 편히 누워 매미 소리 들었지
지금은 흙 침상에 거적을 깔고 사니
내가 모기를 부른 것일 뿐 네 잘못이 아니다

猛虎咆籬根(맹호포리근)　我能齁齁眠(아능후후면)

脩蛇掛屋角(수사괘옥각)　且臥看蜿蜒(차와간완연)

一蚊譻然聲到耳(일문앵연성도이)　氣怯膽落腸內煎(기겁담락장내전)

揷觜吮血斯足矣(삽자연혈사족의)　吹毒次骨又胡然(취독차골우호연)

布衾密包但露頂(포금밀포단로정)　須臾瘣瘟萬顆如佛巓(수유외뢰만과여불전)

頰雖自批亦虛發(협수자비역허발)　髀將急拊先已遷(비장급부선이천)

力戰無功不成寐(역전무공불성매)　漫漫夏夜長如年(만만하야장여년)

汝質至眇族至賤(여질지묘족지천)　何爲逢人輒流涎(하위봉인첩류연)

夜行眞學盜(야행진학도)　血食豈由賢(혈식기유현)

憶曾校書大酉舍(억증교서대유사)　蒼松白鶴羅堂前(창송백학라당전)

六月飛蠅凍不起(육월비승동불기)　偃息綠簟聞寒蟬(언식록점문한선)

如今土床薦藁秸(여금토상천고갈)　蚊由我召非汝愆(문유아소비여건)
—「憎蚊(증문)」,『茶山詩文集(다산시문집)』권4

크게 어려운 말이 없어서 편하게 읽을 수 있지만 한두 가지 설명은 필요할 것 같다. '밤에 다니는 건 도둑질 배우는 건데, 날고기를 먹는다고 성현이 될 수 있겠나'라고 한 데에서 '혈식(血食)'은 '피가 흐르는 음식'으로 날것을 뜻한다. 나라에서 옛 성현을 제사 지낼 땐 익힌 음식을 쓰지 않고 날것을 썼다. 그러니까 모기가 사람의 생살을 뜯어 먹더라도 도둑질을 하는 것이기 때문에 성현이 될 수 없다는 뜻이다. '대유사(大酉舍)'는 정약용이 근무했던 규장각(奎章閣)에 소속된 건물 이름이다.

이처럼 모든 사람에게 모기는 미움의 대상이었다. 얼마나 모기에 시달렸으면 이렇게 긴 시까지 썼을까. 읽고 있으면 마치 내가 모기에 물린 것 같은 기분이 든다. 아닌 게 아니라 여름엔 저런 일을 자주 겪는다. 첨엔 가려워도 참거나 긁으면서 누워 있다가 도저히 참기 어려워서 일어나 약을 바르고 눕는다.

잠들만 하면 모기가 귓가에서 앵앵거린다. 일어나 불을 켠 다음 살충제를 뿌리고는 전자 모기 채를 들고 여기저기 찾아다닌다. 그러다가 못 찾으면 다시 눕는다. 잠시 후에 또 모기가 앵앵거린다. 이젠 아예 앉아서 모기가 나타날 때까지 기다린다. 이렇게 몇 번 반복하다 보면 창문으로 새벽빛이 들어오기 시작한다. 시의 내용과는 약간 다르지만 흐름은 대략 비슷하다.

한편 정약용은 1801년부터 19년 동안 강진에서 유배 생활을 했다. 유배지에서 옛일을 떠올리며 이 시를 썼으니 이런 배경을 염두에 두고 읽어 보겠다.

호랑이가 울고 뱀이 꿈틀거려도 나의 삶에 영향을 주지 못했다. 호랑이와 뱀으로 대변되는 큰 환란은 나에게는 남의 일과 같은 것이었다. 그런 고초를 겪지 않을 거라 생각하며 살았다. 내 삶을 망가뜨린 것은 저런 큰일이 아니라 모기처럼 앵앵거리며 권력에 빌붙고 약한 사람의 피를 빨아대는 사람들 때문이었다. 실제로는 도둑질을 하고 있으면서도 '혈식(血食)'을 한다는 이유로 자신들을 성현으로 여기는 사람들이었다. 시의 제목을 '모기를 미워해서'라고 했지만 사실은 그런 사람들을 미워하는 것이라 할 수 있겠다.

대유사(大酉舍)에 있을 땐 걱정이 없었다. 음력 유월의 여름에도 시원했다. 파리도 없었고 모기 같은 사람들도 없었다. 그때가 좋았다. 지금은 흙으로 된 침상에 짚으로 된 거적을 깔고 살아야 하는 신세가 됐다. 모기 같은 사람 때문에 이 신세가 됐고, 그런 사람이 없으니 진짜 모기한테 뜯기며 산다. 생각하면 한숨이 나지만 이왕 이렇게 된 거 누구를 탓할 수도 없다. 이것도 다 팔자소관 아니겠는가.

그나마 모기는 잡으면 된다. 살충제를 뿌리고 모기 채를 휘두르며 몸에 붙어서 피를 빨고 있는 놈을 때려잡으면 된다. 그러나 모기처럼 구는 사람들은 어떻게 하기 쉽지 않다.

반지하 방에서 물에 잠겨 죽어도, 장애인을 위해 대중교통 체계를 바꿔 달라며 부르짖어도, 최소한의 생계를 위한 임금 보장을 해 달라고 해도, 당장 내가 그렇게 살고 있지 않다는 이유로 이 사람들을 모기로 취급하면서 그것을 정의라고 하는 사람들이 있다. 바다에 빠져 죽은 자식을 통곡하는 부모들에게 "이제 조용히 해라. 시끄럽다."고 하는 사람들이 당당하게 활보한다.

이 모기 같은 사람들은 약한 사람의 피를 빨며 살다가 어디선가 날아드는 손바닥에 맞아 비참한 최후를 맞이할 것이다. 끊임없이 문제를 제기하고 약한 사람을 지지하는 일이 손바닥이며, 이것이 정의이고 하늘의 뜻이라고 믿는다.

어째서 함께 사는
즐거움을 잊어버리고

열 살 때 잠깐 시장 근처에 살았던 적이 있다. 사람이 많이 모이는 곳이다 보니 같은 학교에 다니는 친구와 형들도 많이 살았다. 매일매일 공터에 모여서 '오징어' 놀이도 하고, 구슬치기나 딱지치기도 하며 놀았다. 이젠 기억이 희미해져서 그런지 그때는 하루하루 걱정 없이 지냈던 것 같다.

즐거운 날이 이어지던 어느 날, 친구 진석이가 빨간 사과 한 개를 들고 왔다. 담벼락에 기대서서 한 입 베어 물었다. 우리는 신경을 쓰지 않았는데 고학년 형들은 그렇지 않았나 보다. 형들 몇 명이서 진석이에게 다가가서 한 입만 달라고 했다. 작은 사과 한 개를 누구 코에 붙이겠나. 게다가 진석이가 줘야 할 이유도 없었다.

사과를 주지 않자 형들 중 한 명이 진석이의 손을 채서 사과를 바닥에 떨어트려 버렸다. 형들은 그걸 보고 시시덕거렸다. 이 모양을 보는 순간 화가 치밀었다. 그러나 나를 비롯한 모두는 형들이 무서워서 나서지 못했다. 그 형들한 테 '왜 그르느냐'고 따지지도 못하고 흙투성이가 되어 버린 사과와 진석이 얼굴을 번갈아 쳐다보기만 했다.

진석이는 친구 중에서 운동을 제일 잘하고 성격도 밝았으며, 배짱도 있는 아이였기에 얘가 어떻게 나올까 궁금했다. 나서지도 못하면서 비겁하게 내심 진석이가 형들한테 항의라도 했으면 하고 기대했다. 그런 일은 벌어지지 않았다. 진석이는 말없이 사과를 집어 들었다. 이내 흙이 묻어 버린 그 사과를 보면서 눈물을 줄줄 흘리며 흐느끼기 시작했다. 이 모양을 본 형들은 웃으면서 도망을 갔다.

좀 전까지는 화가 치밀어 올랐는데 진석이가 우는 걸 보니 나도 울컥 눈물이 나려고 했다. 사과 한 개? 별거 아니었다. 내가 살던 경북 영주는 사과로 유명한 고장이다. 사과는 그리 귀한 과일에 속하지 않았다. 지금 생각해 보면 그거 하나 못 먹게 됐다고 흐느낄 거까지도 없었다. 여하튼 진석이는 한참을 그렇게 울었고, 우리는 주위에 둘러서서 아무 말도 못하고 있었다. 다 울고 난 진석이는 그 사과를 들고 집으로 갔다. 우리는 열 살 먹은 아이들이었다. 이내 잊어버리고 아까처럼 놀았다. 모든 게 정상으로 돌아왔다.

그때 속으로 질문했던 게 있다. 진석이는 왜 흙이 묻은

160

사과를 들고 그토록 서럽게 울었을까? 억울해서? 나는 왜 그런 진석이를 보며 따라 울려 했을까? 왜 어릴 때의 이 일을 지금까지 기억하고 있을까? 사십 년 넘게 지났는데도 왜 그때를 떠올리면 여전히 눈물이 나려고 할까?

싸우는 참새

날개와 발이 뒤엉켜 처마에서 떨어져
당기고 쪼면서 싸움이 한창
어떻게 알겠어 나를 잊고 힘을 쓰는 사이
이미 고양이가 노려보고 있었다는 걸
동족은 원래 함께 자라는 법이니
같이 살며 훼방 놓지 않고 화목해야지
어째서 함께 사는 즐거움을 잊어버리고
경솔하게 사나워져 이런 싸움을 하나

結翼連拳墜屋簷(결익련권추옥첨) 交挐迭啄鬪方酣(교나질탁투방감)
寧知奮力忘身地(녕지분력망신지) 已有烏圓視正耽(이유오원시정탐)
亭毒由來族類同(정독유래족류동) 不妨俱圍泰和中(불방구유태화중)
如何罔念群居樂(여하망념군거락) 容易生獰作此訌(용이생영작차홍)
— 「鬪雀(투작)」, 『霽月堂集(제월당집)』 권2

충청도에서 이름이 높았던 제월당(霽月堂) 송규렴(宋奎濂, 1630~1709)의 시다. 이 사람은 만주족이 세운 청(淸)나라를 오랑캐로 보고 있었다. 청나라가 명나라를 멸망시켰다는 소식을 듣고 비분했으며, 평생 청나라가 망하기를 바랐다. 이런 배경을 놓고 보면 싸우는 두 마리의 참새는 명나라의 회복을 바라는 부류와 청나라를 인정해야 한다고 생각하는 부류라 할 수 있겠고, 고양이는 이 모양을 지켜보고 있는 청나라라고 할 수도 있겠다.

이런 배경이나 나의 추측과 상관없이 시를 읽어도 이해하기 어렵지 않다. 송규렴이 말하고자 하는 건 분명하다. 고양이한테 참새는 그저 사냥감일 뿐이다. 애초에 그렇게 정해져 있기 때문이다. 그런데 당장 싸우고 있는 참새 두 마리는 서로가 힘센 고양이라고 생각을 한다. 나는 저놈과 다르다고 생각하니 싸우는 것이다. 결국 누가 강하든, 누군가 이겨본들 소용이 없다. 이런 사실을 빨리 깨닫고 싸우지 말아야 하는데 세상은 그렇지 않다. 싸움은 늘 일어난다.

우리는 애초부터 형들한테 상대가 되지 못했다. 어린 시절엔 한두 살 차이도 크게 느껴지는 법인데 세 살 이상 차이 나는 형들에게 무슨 수로 덤빌 수가 있었겠나. 둘 사이에 이루어진 일은 얼핏 봐선 싸움이라고 할 수가 없다. 한쪽이 일방적으로 당했기 때문이다.

그러나 돌이켜보면 우리는 형들과 싸웠다고 생각한다. 우리는 형들에게 덤비지 못했지만 모두 분개했다. 맞을까 봐 무서워서 진석이의 주변에 서 있었을 뿐이었지만 싸우고 싶었다. 그 자리를 뜨지 않았던 것, 형들 앞에서 흘린 진석이의 눈물은 형들에게 할 수 있는 최소한의 저항이었고, 그게 약한 우리가 강한 형들과 싸울 수 있는 방법이었다. 진석이는 흙이 묻어 먹을 수 없게 된 그 사과를 버리지 않고 그걸 들고 집으로 갔다. 이게 진석이가 형들과 싸운 방식이다. 진석이는 형들에게 졌지만 지지 않았다.

우리는 약한 참새였고, 형들은 힘이 센 참새였다. 그 자리에 머물러 있었어도 형들이 다칠 일은 하나도 없었다. 굳이 도망갈 이유도 없었다. 그 힘센 참새들은 시시덕거리다가 진석이의 눈물을 보더니 웃으면서 도망을 갔다. 고학년이라고 해 본들 형들 역시 열세 살 정도의 아이였던 것이다. 그 눈물이 자신들을 어쩌지 못할 것이라는 걸 알고 있으면서도 가책이나 어렴풋이 느껴지는 두려움 같은 게 있었을 것이다.

언젠가 광화문에서 열렸던 집회에 나간 적이 있다. 약자를 보호해야 하고 특정 계층에 부와 권력이 집중되지 않도록 해야 할 정부가 이 당연한 일을 하지 않은 것에 분노해서 그 자리에 나갔다. 우리 중에서 힘도 세고 용기도 있는 사람들이 경찰과 맞서기 시작했다. 맞서 봐야 이길 수 없다는 걸 알면서도 소리를 지르며 전진했다. 나는 그 옛날에 그랬던 것처럼 적극적으로 덤비지 못하고 대열의 외곽에 서 있었다.

경찰이 대열을 향해 물대포를 쐈다. 사방으로 흩어지는 물보라 속엔 최루액이 들어 있었다. 얼마나 심하게 쏴댔는지 내가 서 있는 곳까지 물보라가 일었다. 치열하면서도 지루한 공방이 얼마간 지속되었다. 시간이 조금 흐르자 물대포의 벼락같은 물줄기가 내가 서 있는 곳 근처에까지 흩날렸다.

여기까진 견딜 수 있었다. 피하기만 하면 되는 거니까. 그런데 이 물대포는 아무 짓도 하지 않고 있는 사람들에게까지 날아들었다. 사람들이 이리저리 피해 다니자 물대포는 번데기와 어묵을 팔고 있던 노점상을 직격했다. 파라솔이 꺾여서 저쪽으로 날아가고 음식 위엔 하얀 거품이 뒤덮였다.

옆에 있던 아내의 울분이 폭발했다.

"야! 이 ××들아! 왜 노점상에 대포를 쏴. 거기 아무도 없잖아. 아무도 없는 데다가 왜 쏴. 야! 이 ××들아!"

누가 시키지도 않았는데 눈물이 줄줄 흘렀다. 최루액이 섞인 물보라를 맞았어도 나지 않던 눈물이었는데 노점상 주인아주머니가 정성 들여 만들었을, 이걸 팔면 얼마를 벌 수 있을까 생각하며 힘들지만 설레는 마음으로 만들었을, 그 음식이 하얀 거품으로 뒤덮이는 걸 보는 순간 눈물이 흘렀다.

진석이가 왜 그 흙 묻은 사과를 들고 울었는지, 나는 왜 눈물이 나려고 했는지, 왜 지금도 눈물이 나는지 이제야 알겠다. 진석이의 사과를 빼앗은 건 공권력이라는 이름을 지닌 참새이고, 그 공권력을 정당화하기 위해 물대포를 쏘는 게 맞는 거냐고 소리치는 이름 모를 진석이들이었기 때문이다.

그렇다면 광화문에 뒤섞여 있던 참새를 노려보고 있는 고양이는 어디에 있을까. 어디에도 없다. 물대포를 쏘라고 했던 그들 역시 우리와 같은 참새일 뿐이다. 사과를 떨어트리고는 도망갔던 어린아이들일 뿐이다. 이제라도 모두가 함께 사는 즐거움을 알았으면 한다.

비록 그 아이
살게 되더라도

뉴스에 자식을 버린 부모 이야기가 자주 나온다. 매우 잦다고 하기는 어렵지만 잊을 만하면 그런 소식이 들리니 자주 벌어진다고 느끼는 건지도 모르겠다. 이런 소식을 접할 때마다 속이 끓는데 뭐라고 표현할 말은 잘 생각나지 않아서 한숨을 쉬고 있으면 아내가 한마디 한다.

"어떻게 내가 아파가면서 낳은 자식을 버릴 수가 있지?"

자식은 태어난 죄밖에 없고 뭔가를 선택할 수도 없는 데다 아무런 보호 장치도 없이 세상에 버려지는 셈이니 우선 버린 부모를 탓하는 건 어찌 보면 당연하다 할 수 있겠다. 아내의 말 속에는 최소한의 책임을 지지 않는 것에 대한 분노가 담겨 있다.

자식을 버린 이유가 생계 때문이라면 그 분노를 오롯이 부모에게 전가하기는 어렵다. 남들처럼 자식을 낳아 기르며 오순도순 살고 싶었는데 그 최소한의 행복조차 허락되지 않는 처지가 되어 버렸다면 그 부모를 두고 무작정 비정하다 할 수도 없다. 아내의 말이 이어진다.

"나는 상상도 하기 싫어. 버리면서 얼마나 마음이 아팠을까. 나라에서 저런 일이 생기지 않도록 해 줘야 하는 거 아닌가?"

아내의 생각이 지극히 당연하고 정상적이라고 생각한다. 세상이 존재하는 한 자식을 버리는 일이 없어지지 않을 테고 이를 모두 개인이 책임질 수도 없기 때문이다. 이래서 이런 일이 벌어질 때마다 나라에선 대책을 마련하겠다고 하지만 크게 체감되지는 않는다. 사람 생각이 같을 수는 없다. 이렇게 말하는 사람들도 있다.

"그걸 왜 나라에서 책임져야 해? 애 키울 자신이 없으면 낳지를 말아야지. 우리가 낸 세금을 왜 그런 무책임한 사람들한테까지 써야 돼?"

이 안에도 안타까움이 들어 있고, 얼핏 봐선 맞는 말 같기도 하지만 '애를 키울 자신'은 누가 정해 주는 게 아니다. 부모가 판단하는 일이다. 게다가 애를 낳기로 마음먹었을 당시에는 애를 키울 자신이 있었을 것이다. 결과적으로 이렇게 된 일을 두고 애초부터 결과를 예상해야 한다고 부모를 탓해서는 안 된다.

　우리가 낸 세금은 부모를 잃은 자식을 보호하는 데 쓰이고, 자식을 버리는 부모가 생기지 않도록 그들에게 최소한의 생계를 보장하는데 쓰인다고 여겨야 하겠다. 모든 책임을 개인이 감당해야 한다면 나라가 있을 이유가 없다. 사업을 하다 망한 사람을 두고 "자신 없으면 하지 않았어야지. 이렇게 될 거 왜 시작했어?"라고 나무라는 것과 똑같다. 이런 걸 말이라고 하고 있는 사람들이 정말로 많다.

　그나마 현대에는 버려진 아이를 보호하는 기관도 있고 나라에서 이들을 부족하나마 지원하기나 하지 옛날에는 지금보다 훨씬 환경이 좋지 못했다.

　　할아버지가 손자를 버린 일

이 사람의 집은 한강 근처에 있다
십 대 동안이나 농사지으며 살았지만
사는 형편은 가을 잎처럼 얄팍했고
목숨은 높은 누각처럼 위태로웠다
다만 여섯 가지 기운의 조화에 힘입어
집 안과 밭에서 토란이나 밤을 거둬들여
고생하며 열 식구 먹여 살리며
육십 년을 지내왔는데

올해 천 리에 가뭄이 들어
재앙이 닭과 개에까지 미치니
궁한 늙은이 골수조차 말라 버렸다
손자도 집 안에 둘 수 없어
좁고 으슥한 뒷골목에 버리면서
네 맘대로 돌아다녀도 된다 말했다
비록 그 아이 살게 되더라도
다시 만날 길은 없겠지
다음 생에 인연이 있다면
당연히 서로 골육을 찾을 거야

僕家漢江頭(복가한강두) 十世田隴頭(십세전롱두)
生理薄秋葉(생리박추엽) 有命危九樓(유명위구루)
顧賴六氣調(고뢰육기조) 門園芋栗收(문원우율수)
艱難保十口(간난보십구) 得度六十秋(득도육십추)
今年赤千里(금년적천리) 禍及鷄狗愁(화급계구수)
窮老骨髓乾(궁로골수건) 有孫不得留(유손부득류)
棄置窮巷中(기치궁항중) 聽汝任浮遊(청여임부유)
縱延頸上喘(종연경상천) 重逢諒無由(중봉량무유)
來生業緣在(내생업연재) 骨肉當相求(골육당상구)
— 「老夫棄兒孫行(노부기아손행)」, 『秋江集(추강집)』 권1

생육신(生六臣)의 한 사람인 추강(秋江) 남효온(南孝溫, 1454~
1492)이 쓴 시다. 남효온은 벼슬을 하지 못하고 불우하게 살
다 죽은 사람이었다. 살아 있는 동안 이곳저곳을 떠돌아다
녔지만 주로 한강 근처에서 살았다고 한다. 이렇다 보니 서
민들의 생활을 바로 옆에서 볼 수 있었다. 이 시에는 그런
서민의 삶이 담겨 있다.

'다만 여섯 가지 기운의 조화에 힘입어'에서 여섯 가지 기
운이라고 풀이한 '육기(六氣)'는 자연의 기후 변화를 나타내
는 여섯 가지 현상인 '음(陰)·양(陽)·풍(風, 바람)·우(雨, 비)·회
(晦, 어둠)·명(明, 밝음)'을 뜻한다. 늙은이는 이 변화 속에서
생겨난 작물이나마 먹으면서 근근이 살았다는 말이다.

이 할아버지를 두고 '자신은 살 만큼 살았으니 손자를 살
려야 되는 거 아닌가', '자기만 살고 싶어서 손자를 버린 나
쁜 사람'이라고 할 수 있을까? 결과적으로 그렇게 되어 버렸
으니 할아버지를 탓할 수 있을 것 같기도 하다.

그럴 수 없고, 그래서도 안 된다. 열심히 살았지만 피해
를 입어서 이 지경까지 이르게 된 할아버지를 구해 주지 않
은 나라를 탓해야 한다. 할아버지가 손자를 버린 결과에 주
목하기보다 손자를 버릴 수밖에 없었던 이유를 물어야 한
다. 버려진 손자는 당장 마음대로 놀 수 있다고 즐거워했겠
지만 해가 떨어지고 어둠이 오면 무방비 상태에 놓여 외로

움과 무서움에 떨어야 했을 것이다. 과연 이런 일을 두고 가장 먼저 할아버지의 무책임을 탓해야 하나?

불쌍히 여기는 마음이 먼저고, 이들을 구하지 못한 나라에 책임을 묻는 게 순서다. 나라는 개인이 어쩌지 못하는 일을 해결해 주어야 하지, 세금을 받고 의무를 강조하면서 나라에 충성하라고, 모두를 위해 희생하라고 강요만 해서는 안 된다. 할아버지는 자신만 살기 위해 손자를 버리지 않았다. 같이 살 수 없으니 버린 것이고, 같이 있어 봐야 아무도 도와주지 않을 것이라는 걸 알고 있었기 때문에 버린 것이다.

더욱 절망적인 사실이 있다. 남효온은 단종(端宗), 세조(世祖), 예종(睿宗), 성종(成宗) 시기를 살았던 사람이다. 이 시기는 조선 전기에 해당한다. 현재를 사는 사람들에게 비교적 좋은 시절이라고 인정받는 시기다. 그렇게 살기 좋은 시절에도 이런 일이 있었다. 그러나 나를 포함한 많은 사람은 '불쌍한 단종', '왕위 찬탈을 했으나 정치를 잘한 세조', '말년에 망치긴 했어도 조선 전기의 태평 시절을 유지한 성종'이라 하면서 오로지 왕의 생애에만 관심을 기울인다. 무슨 문제만 생기면 개인 탓부터 하는 경향은 이런 데에서 온 것일 수도 있겠다는 생각이 든다.

그럼 지금은 조선 시대보다 낫다고 할 수 있나? 분명히 낫다. 모든 면에서 비교가 안 된다. 사실 비교한다는 것도 우스운 일일 만큼 지금이 낫다. 그럼에도 불구하고 비교해 본다. 예나 지금이나 극빈층이 존재하고 나라의 손길이 미치지 못하는 곳이 많지만, 이들을 대하는 태도만은 지금보다 그때가 나았다. 옛날의 왕들은 백성들이 궁핍하게 사는 걸 두고 표면적으로나마 "이 모든 게 과인의 허물이다."라며 자신을 탓했다.

지금은 어떠한가. 자연재해를 입은 국민에게 "편하게 마음먹어라. 기왕 그리된 거니까 편하게."라고 말한 사람이 있었고, 급여를 떼인 아르바이트 학생에게 "그런 사람인가 아닌가 구분하는 것도 능력."이라 말한 사람이 있었고, 집이 물에 잠겨 사람이 죽었는데 "미리 대피가 안 됐는가 모르겠네."라고 말한 사람이 있다.

국민을 지켜주어야 할 나라, 그 나라를 이끌어 가는 사람들이 국민의 아픔을 모조리 개인의 탓으로 돌리고 있다. 이 나라에 살고 있는 나와 우리는 또 어떠했나. 더 이상 부모가 자식을 버리는 일이 일어나지 않게 하라고 가난한 사람들을 먼저 구하라고 나라에 요구했던가?

경제 순위 세계 10위권의 잘 먹고 잘 사는 나라에서 지금 이 시간에도 버려지는 자식이 있고, 그 부모만 탓하는 사람들이 지천에 널려 있다. 어쩌면 그렇게도 냉혹한가. 아, 그

러고 보니 이 시기에도 제대로 된 태도를 지닌 사람이 있기
는 했다.

"비가 오지 않아도 비가 너무 많이 내려도 모두 내 책임
인 것 같았다."

왜 하필 슬프게도
무당을 후대하는가

나는 한문학을 전공했다. 이렇다 보니 가끔 나한테 점을 칠 줄 아느냐고 묻는 사람들이 꽤 있다. 점을 치는 사람들이 쓰는 용어에 한자가 많고, 대표적인 점서(占書)인 『주역(周易)』도 배웠을 것이니 조금 알지 않을까 해서 묻는 것이다. 한자를 보면 대략 무슨 말인지 알긴 하지만 점서는 공부한 적도 없고, 『주역』은 잠깐 배우긴 했지만 잘 모른다. 괘를 뽑는 법도 다 잊었다. 책의 앞부분에 괘를 뽑는 방법이 나와 있기 때문에 배워 두는 것일 뿐 전공자 모두가 점을 치는 것은 아니다.

　물론 점치는 법을 아는 전공자가 있기도 하지만 그걸 업으로 삼고 있지는 않기 때문에 점을 쳐 주지도 않는다. 이건 좀 의외라고 생각할 수도 있을 텐데 한문 전공자의 대부분은 점을 믿지 않는다. 약간 극단적으로 말해서 허무맹랑하다고 생각하는 사람들도 많다. 나도 그런 부류 중 하나다.

한문으로 된 책은 대부분 사람의 일과 하늘의 뜻은 알 수 없으므로 마음을 차분히 하고 조심하면서 뜻밖의 일에 대비하고, 현재 내가 하는 일을 충실히 하라는 내용으로 이루어져 있다. 이래서 옛사람들은 점을 치더라도 길흉화복에 크게 맘을 두지 않았다. 이들에게 점은 심성수양을 위한 도구였을 뿐이다. 나쁜 점괘가 나오면 근신했고 좋은 점괘가 나와도 들뜨지 않았다.

사람의 미래가 불확실하다는 사실은 옛날과 지금이 다르지 않다. 그 불확실성에 대한 불안감, 그래도 알고 싶은 마음이 점이라는 수단을 만들어 냈다. 통계를 내 보지 않아서 단언하긴 어렵지만 역술인이나 무당을 찾아가서 앞날을 묻는 사람은 옛날이나 지금이나 비슷하게 많지 않을까 짐작한다. 내 주변만 봐도 누구한테 가서 사주(四柱)를 봤다느니 어디 철학관에 찾아갔다느니 어떤 이가 용하다느니 하는 사람들이 정말 많다.

나는 이 모든 걸 허무맹랑하다고 생각하는 사람이지만 한편으로 또 맞추는 사람도 있을 것이고 점을 믿는 건 전적으로 그 사람의 소관이기 때문에 대놓고 뭐라 하지 않는다. 게다가 이른바 '용한' 사람도 몇몇 알고 있으며 이들과 친하게 지내고 있다. 그 사람의 직업을 존중하므로 내 생각을 굳이 드러내지 않고, 그들도 나한테 굳이 이런저런 말을 하지 않는다.

어찌 되었건 이렇게만 지내도 괜찮을 텐데 간혹 눈치 없이 떠벌리는 사람들이 있다. 자신이 어디 가서 자식의 진학이나 취업 문제를 물었는데 다 들어맞았다며 점을 권한다. 나한테 이런저런 고민 토로를 하면서 "어떡하면 좋겠느냐."라고 묻기에 내 생각을 말해 주었는데 실컷 듣고 나서는 "용한 점쟁이한테 물어 봐야겠다."고 했던 사람도 있다.

숨이 턱 막힌다. 진학 문제는 학교에 가서 상담을 하고 취업이 염려되면 해당 분야의 경험자에게 물어야 하는 거 아닌가? 먼저 자신을 돌아보고 그래도 답답하면 나를 잘 알고 있는 사람과 이야기를 나누는 게 낫지 않나? 그걸 왜 그쪽 전문가도 아닌 사람한테 가서 묻고 있는 것인지. 이렇게 말하면 이런 답이 돌아온다.

"다 믿지는 않는데 맞으면 좋고, 틀려도 그만이라는 생각으로 점을 치러 가는 것이다."

"재미로 본다."

내 인생, 자식의 인생을 왜 나와 자식에 대해 모르는 사람한테 돈까지 줘 가면서 물어야 하는가? 스스로 나는 줏대도 없고 세상을 쉽게 살려고 하는 사람이라는 걸 고백하는 셈이다. 더 숨 막히는 건 내가 지금 자기 생각 하나 없는 사람하고 아까운 시간을 버리며 이야기하고 있다는 사실이다.

신을 맞이하며

높고 큰 집에 좋은 자리 마련하니
청주는 맛나고 음식도 진수성찬
음악이 흐르는 자리엔 좋은 손님이 가득
영험한 비파 타며 온갖 신을 맞이한다
신이 왔나 보다 바람 부는데
분주히 나가 절을 해도 신은 말이 없다
춤 잘 추기로 소문난 무당 한 명
긴 소매 돌리고 뒤집으며 춤춘다
얼굴빛 따라 변하는 예쁘고 요염한 모습
어디서 본 적 없는 곱고 아름다운 자태
민첩한 원숭이처럼 노래하고 발 구르며
놀란 기러기보다 빨리 박자를 맞춘다
이쪽저쪽 살피다가 맑은 휘파람을 불고
눈썹 펴고 팔 흔들며 길흉을 말한다
위태하고 괴로운 말 분간하기 어려운데
다시 집주인에게 이상한 운수가 있다 말한다
주인은 슬퍼하며 정신을 잃고

천금으로 신을 섬겼지만 신은 흐릿흐릿
신은 흐릿흐릿 노래와 춤 끝났는데
술잔 그릇 널려 있고 날도 저물었다
남자 여자 재물 들고 무당에게 의지하니
무당은 부자 되고 집안은 텅 비었다
신이여 신이여 의지할 곳이 있다면
왜 하필 슬프게도 무당을 후대하는가

高堂之上陳瑤席(고당지상진요석) 淸酤旣旨羞亦珍(청고기지수역진)

佳賓滿座衆樂作(가빈만좌중악작) 鼓靈瑟兮迎群神(고령슬혜영군신)

神之來兮風颭颭(신지래혜풍수수) 紛進拜兮神無言(분진배혜신무언)

中有一巫稱善舞(중유일무칭선무) 舞袖長兮旋又翻(무수장혜선우번)

綺態纖冶隨顔變(기태섬야수안변) 姸姿婀娜無定源(연자아나무정원)

踏歌蹈節如捷猿(답가도절여첩원) 赴曲中節迅驚鴻(부곡중절신경홍)

左顧右眄發淸嘯(좌고우면발청소) 伸眉抗腕談吉凶(신미항완담길흉)

危辭苦語那可辨(위사고어나가변) 復道奇數丁家公(부도기수정가공)

主人窅然喪其神(주인요연상기신) 千金事神神夢夢(천금사신신몽몽)

神夢夢兮罷歌舞(신몽몽혜파가무) 杯盤狼藉日亦窮(배반낭자일역궁)

男負女戴歸于巫(남부여대귀우무) 巫旣富兮家已空(무기부혜가이공)

神乎神乎倘有憑(신호신호당유빙) 何厚於巫民之恫(하후어무민지통)

— 「迎神雜詞(영신잡사)」, 『樂全堂集(낙전당집)』권1

조선 선조(宣祖)의 부마였던 낙전당 신익성의 시다. 굿판의 모습을 그려 놓았는데 무리 없이 읽힌다. 옛날엔 지금보다 굿을 하는 사람들이 훨씬 많았으므로 저런 모습을 여기저기서 쉽게 볼 수 있었을 것이다. 무당이 춤을 추고 안색을 바꾸면서 집주인한테 앞으로 좋지 않은 일이 있을 거라고 말을 하니 주인은 정신을 못 차린다. 그다음에 무당이 뭐라고 했는지 알 수 없으나 사람들은 너도나도 무당에게 재물을 바친다.

핵심은 마지막 두 구에 있다. 신이라는 게 있다면 사람의 부귀빈천을 가리지 않고 공평하게 대해 줘야지 왜 무당한테만 들어가서 무당의 배만 불리고 다른 사람의 재물을 빼앗는가? 굿을 벌인 주인도 그 신을 믿는 사람인데 왜 이 사람은 가산을 탕진하게 만드나?

이 시를 읽으면서 혀를 차는 사람들이 많을 것으로 짐작한다. 누구에게 혀를 찰까? 무당보다는 주인을 보며 혀를 찰 것이다. 왜? 이유는 매우 단순하다. 무당한테 돈을 퍼주고 있으니까 그렇다. 무당의 한마디에 일희일비하는 주인의 모습을 보면서 어리석다고 생각했을 것이다. 실제로 무당이나 역술인에게 돈을 많이 쓴 사람을 비웃는 사람이 많다.

나는 과연 이 비웃음에서 자유롭다고 할 수 있나? 돈을 퍼주지 않았고, 맹신하지 않는 선에서 재미로 맞아도 그만

틀려도 그만이라는 생각을 지니고 점집을 찾아간 거니까 저 주인하고는 다른 사람인가? 진지하든 그렇지 않든 간에 무엇보다 소중한 나의 인생을 생면부지의 사람한테 찾아가서 묻는 일 자체가 어리석은 짓이라 하지 않을 수 없다.

옛날 사람들은 어리석었으니 그랬다고 치자. 이제는 하늘이 그냥 하늘이라는 걸 알게 됐고, 산도 그저 산이라는 걸 알고, 달에는 옥토끼가 살지 않는 것도 알고, 무지개는 뭔가를 알려 주는 징조가 아니라는 사실도 알고 있다. 일식 월식이 일어나면 재앙이 따라온다고 믿는 바보도 없다. 이런 시절을 살면서 어떻게 아무 근거도 없이 떠드는 소리를 믿을 수 있나?

무당이나 역술인을 종교처럼 믿는다고 하면 할 말이 없다. 그렇지 않다면 내 인생의 방향은 오로지 내가 결정하고 내가 가야 할 것이다. 길흉화복을 저 사람들이 다 알고 있다면 점을 치러 간 사람들 모두 걱정 없이 호의호식하고 살아야 한다. 실제로 그렇지 않다는 건 이미 우리 모두 알고 있다.

"그래도 그게 아니다. 다 무시할 수는 없다. 참고할 가치는 있다."

이미 저런 말을 한다는 것부터 점괘를 참고하는 것 이상으로 여기고 있다는 뜻이다. 남이 나한테 무슨 말을 하든 참고만 하고 내 생각대로 사는 사람은 주관이 뚜렷하다. 애초에 근거 없는 소리를 들으려 하지 않는다.

당장 일이 풀리지 않아 답답하고 어디에라도 기대고 싶은 마음은 누구에게나 있다. 나 역시 마음 약한 사람이고 불확실한 미래를 걱정한다. 그러나 점이 나의 불안한 마음을 잠재우고 밝은 미래를 약속해 줄 수는 없다고 생각하며 산다.

가족에게 기대고 친구를 의지하고 어른을 찾아가서 물으며 내 길을 찾는 게 낫다. 내 옆에 있는 사람들이 무당과 역술인보다 더 용하다. 나를 잘 알고 있기 때문이다. 지금까지 내 삶에서 가장 용한 점쟁이는 나의 어머니다. 어머니가 언젠가 이런 말씀을 하신 적이 있다.

"겪을 일을 피해갈 수 있는 방법은 어디에도 없다. 이겨내며 사는 수밖에 없다."

어머니의 점괘대로만 살았으면 지금보다 훨씬 더 잘살고 있었을 텐데 그러지 못해서 이렇게 산다.

이상한 맛이지
좋은 맛 아니거든

내가 초등학생이었던 1970년대 후반에는 할아버지들이 버스 안에서 담배를 피웠다. 그보다 더 옛날에는 우리 엄마 말에 따르면 엄마 어릴 적 운동회 종목에 할아버지 달리기가 있었다고 한다. 엄마한테 물어봤다.

"아버지가 아니고 할아버지?"

"그래. 담뱃대를 물고 담배를 피우면서 달리기."

"아이고 지금 같으면 사람 죽는다고 절대 못 하게 할걸? 별게 다 있었네?"

"그러게 말이다. 지금 생각하면 위험하긴 한데 할아버지들 담배 피우면서 달리는 거 보면 참 재밌다."

"참 신기하다. 엄마가 그 이야기하니까 믿지. 이 말을 누가 믿겠노?"

"하하하, 맞다. 맞아."

182

그때도 담배가 폐에 좋지 않다는 걸 알았을 텐데 어떻게 저런 경기를 할 생각을 했을까? 거기까진 알 수 없지만 그만큼 담배가 일상 속에 자연스럽게 녹아들어 있었던 것 같다. 우리 할머니는 담배를 피우지 않으셨지만 담배를 피우는 할머니들도 매우 많았다. 버스 안에서도 담배를 피울 정도였으니 다른 곳에선 어떠했을지 짐작하기 어렵지 않다.

집이나 길거리는 물론이고 식당, 카페를 포함한 거의 모든 공공장소에서 흡연이 허용됐다. 심지어 내가 대학에 다니던 1990년대에는 강의실에서도 담배를 피웠다. 이때만 돼도 비흡연자들의 목소리가 조금씩 나올 때라서 눈총을 주거나 나가서 피우라고 하는 학생이 있긴 했지만 소수였기 때문에 큰 영향을 주진 못했다.

이제는 흡연이 사람 몸에 해롭고 비흡연자들에게 끼치는 피해가 크다는 인식이 퍼져서 흡연자들은 장소를 찾아서 피워야 하는 신세가 됐다. 바람직한 일이라 하지 않을 수 없다.

드문드문 나는 기억이라 정확하진 않지만 예전엔 사람들이 담배를 지금처럼 꺼리진 않았고, 일상 속에 자연스레 있는 물건으로 취급했던 것 같다. 그보다 더 옛날 조선의 정조는 담배예찬론을 펼쳤다.

담배가 사람에게 유익한 점으로 말하면, 더위를 씻어 주는데 이것은 기(氣)가 저절로 평온해져서 더위가 저절로 물러가게 된 것이다. 추위를 막아 주는데 이것은 침이 저절로 따뜻해져서 추위를 막게 된 것이다. 밥 먹은 뒤에는 음식을 소화시키고, 변을 볼 때는 악취를 쫓게 한다. 잠이 오지 않을 때 이것을 피우면 잠이 온다. 심지어 시를 짓거나 문장을 엮을 때, 다른 사람들과 얘기할 때, 고요히 정좌(靜坐)할 때도 사람에게 유익하지 않은 점이 없다.

— 『弘齋全書(홍재전서)』 권178*

한편 조선 중기의 한문사대가 중 한 명인 계곡(谿谷) 장유(張維, 1589~1638)의 글을 보면 재미있는 이야기가 나온다. 당시에 담배가 술독이 올라 벌겋게 부어오른 병을 치료할 수 있다는 설이 돌았나 보다. 장유는 이렇게 말했다.

이 물건은 성질이 건조하고 열이 있어서 반드시 폐(肺)를 상하게 할 것인데, 어떻게 코의 병을 치료할 수가 있단 말인가.

— 『谿谷漫筆(계곡만필)』 권1**

---

* 한국고전번역원의 번역을 참고하고 간략하게 정리하였음.
** 한국고전번역원의 번역을 인용하였음.

184

이런 말을 남겼지만 장유는 담배의 효능을 부정하지 않았고 담배를 피웠다. 정조는 이런 장유를 두고 '담배 맛을 알았던 사람'이라고 했다.

반면 담배를 부정적으로 보는 사람도 많았다. 성호 이익은 이렇게 말했다.

이 담배가 유익한 것보다 해가 더 심하다고 보는 이유는 이렇다. 첫째 냄새가 나빠서 재계(齋戒)하여 신명(神明)을 사귈 수 없다. 둘째 재물을 없앤다. 셋째 세상에 일이 많은 것이 진실로 걱정인데 지금은 모든 사람이 해가 지고 날이 저물도록 담배 구하기에 급급하여 한시도 쉬지 않는다.

—『星湖僿說(성호사설)』권4*

『동사강목(東史綱目)』의 편저자인 순암(順菴) 안정복(安鼎福, 1712~1791)도 담배를 좋게 보지 않았다. 지금 봐선 말도 안 되는 소리인데 그때만 해도 담배가 가래를 없애 준다는 설이 돌았나 보다.

* 한국고전번역원의 번역을 참고하고 일부 수정하였음.

이 풀은 성질이 뜨겁고 맛은 매우며 독하다. 독하기 때문
에 지나치게 피우면 어지럽고, 화기(火氣)를 마시는 것이
므로 가래가 있는 자는 당연히 해를 입게 된다.
— 『順菴集(순암집)』 권13*

17세기 후반, 동시대 학자들에 비해 많은 논저를 남겼던 학
자 창계(滄溪) 임영(林泳, 1649~1696)의 시를 읽어 보겠다.

담배

좋은 음식도 불에 익힌 거라서
저 빙설 같은 사람에게 부끄러운데
하물며 이 남쪽 오랑캐의 풀이
어떻게 단약(丹藥)에 속하겠나
불을 옮겨 독한 기운 부채질하고
연기를 삼키고 뱉기를 반복한다
맵고 비린 것만 해롭다 하겠나
마르고 타는 건 순수함이 아니지
처음엔 눈이 흐릿해지는 것 같다가

---

* 한국고전번역원의 번역을 인용하였음.

186

다음엔 정신이 상하게 된다
세상 사람들은 알면서도 즐기니
요사하다 누가 뿌리 뽑을까
졸렬한 사람들 세속에 쉽게 물들어
이런 잘못 따르는 사람 왜 이렇게 많은지
결심하고 노력하여 한 번에 그만둬라
이상한 맛이지 좋은 맛 아니거든

玉食亦煙火(옥식역연화) 愧彼氷雪人(괴피빙설인)
況此蠻蜒草(황차만연초) 豈在服食倫(기재복식륜)
傳火煽毒氣(전화선독기) 呑吐接故新(탄토접고신)
豈伊薰辛害(기이훈신해) 燥烈非和淳(조렬비화순)
先覺目視昏(선각목시혼) 次第應損神(차제응손신)
世人知復嗜(세인지복기) 妖哉誰撥根(요재수발근)
薄劣易染俗(박렬이염속) 效尤亦何頻(효우역하빈)
發憤一止去(발분일지거) 邪味非所珍(사미비소진)
— 「詠南草(영남초)」, 『滄溪集(창계집)』 권1

처음의 두 구는 『장자(莊子)』, 「소요유(逍遙遊)」편의 내용을
취해서 쓴 것이다. '빙설과 같은 사람'은 막고야산(藐姑射山)
에 사는 신선인데 피부가 얼음이나 눈처럼 희고 깨끗했으며

바람과 이슬만 먹었다고 한다. 세상에서 좋은 음식이라고 하는 것도 이 신선이 먹는 것에 비하면 세속적인 것인데, 담배는 말할 나위도 없다는 뜻이다.

담배는 임진왜란을 전후하여 중국에 왕래하던 상인들이 들여왔다고도 하고, 광해군 시기에 일본에서 들어왔다는 설도 있다. 남초(南草)는 조선 사람들에게 담배는 남쪽이 원산지로 알려져 있기 때문에 붙은 이름이다. 『성호사설(星湖僿說)』에서는 담배가 남쪽 바닷가에 있는 담파국(湛巴國)에서 들어왔다고 해서 '담파(湛巴)'라 불린다고 했다. 남령초(南靈草)라 부르기도 하고, 일본 사람들은 '타바코(tobacco)'를 음역하여 '담박괴(淡泊塊)'라고 했다.

다시 임영의 시를 읽어 보자. 정조가 말한 것처럼 조선 사람들에게 담배는 신선이 먹는 단약(丹藥)만큼의 효능이 있는 것으로 과대 포장되어 있었다. 임영은 우선 이 점에 오랑캐 땅에서 난 풀이 뭐 그리 대단하겠느냐고 일침을 놓았다. 이후 이어지는 말을 통해 담배의 독한 냄새와 환각 효과를 비판하면서 담배를 피우는 사람들에게 당장 담배를 끊으라고 권하였다. 몇 가지를 제외하면 현재의 금연 캠페인과 비슷한 내용이라고 볼 수 있다.

이제는 공공장소에서 담배를 피우는 사람이 예전보다 크게 줄어들었다. 내 몸에 해롭기도 하거니와 남에게도 피해를 주기 때문이다. 여전히 옛날처럼 길을 걸으며 담배를 피우거나 사람들의 왕래가 잦은 곳에서 담배를 피우는 사람들이 적지 않다.

"아직도 담배를 안 끊었어요?"

오랜만에 만나든 그렇지 않든 만나는 사람마다 모두 나에게 저런 소리를 한다. 집에서도 아내와 딸아이들이 담배를 끊으라고 잔소리를 한다. 비교적 어릴 때부터 담배를 피우는 바람에 부모님도 내가 담배 피우는 걸 알게 된 지 오래되었다. 엄마는 담배를 줄이라고 하고 아버지는 끊으라고 하신다.

담배는 해롭다. 알고 있다. 그래도 끊고 싶지는 않다. 담배는 누가 뭐라고 해도 괴로운 일이 있을 때 나를 위로해 줬고, 무엇보다 이 글을 쓸 수 있게 해 주었기 때문이다.

겉 다르고
속 다를 바에야

까마귀는 검은빛의 깃털과 기이한 울음소리 때문에 사람들의 미움을 받는 새다. 반면 새끼가 크면 늙은 어미에게 먹이를 물어다 준다는 '반포지효(反哺之孝)'의 주인공이기도 해서 곱게 보는 경우도 있다. 이처럼 효도와 관련된 이야기에 등장할 때 반짝 좋은 대접을 받긴 하는데 대부분 까마귀를 싫어한다.

"까마귀 노는 곳에 백로야 가지 마라."는 속담은 이런 생각을 대변해 주는 말이라 할 수 있겠다. 이 말은 고려 말 충신으로 이름난 정몽주(鄭夢周, 1337~1392)의 어머니가 지었다고 알려진 시조 「백로가(白鷺歌)」에서 비롯되었다고 한다(이 시조의 작자에 대해서는 다른 설도 있다). 어머니는 시조를 통해 백로 같은 아들이 까마귀 같은 간신배들 사이에 끼지 말기를 바라는 마음을 드러냈다.

까마귀가 싸우는 골짜기에 백로야 가지 마라
성난 까마귀가 흰빛을 샘낼까 염려스럽다
맑은 강에 기껏 씻은 몸이 더러워질 수 있다

반면 정몽주와 같은 백로들에게 한 방 먹인 사람도 있다.

까마귀 검다 하고 백로(白鷺)야 웃지 마라
겉이 검은들 속조차 검을소냐
겉 희고 속 검은 것은 너뿐인가 하노라

정몽주와 달리 조선 건국에 참여해서 영의정 자리까지 올랐
던 형재(亨齋) 이직(李稷, 1362~1431)이 쓴 시조로 알려져 있다.
까마귀는 자신처럼 조선 건국에 참여한 사람이고, 백로는
고려에 충성하려는 사람들을 가리킨다. 이직은 이렇게 말하
고 싶었다.
　'그래, 나는 고려를 배신하는 까마귀다. 너희들이 보기엔
배신이지. 이건 크게 보면 배신이 아냐. 모두를 위해 조선을
세우는 거야. 너희들은 배신을 하지 않으려고 하니 백로처
럼 보이기는 해. 그러나 너희들은 이 썩어 버린 고려의 현실
을 외면하는 나쁜 백로들이야. 겉모습보다는 속에 들어 있
는 마음이 중요한 거야.'

이직의 말대로라면 정몽주도 겉은 희고 속이 검은 백로가 된다. 두 시조를 놓고 보면 무척 재미있긴 하다. 그러나 정몽주 어머니나 이직이나 각자의 정치 입장에 따라 까마귀와 백로가 등장하는 시조를 썼는데 나는 여기에서 둘 중에 누가 옳은지 따지는 건 큰 의미를 두지 않았다. 둘 모두 까마귀에 대해 부정적인 관념을 지니고 있다는 점에 주목해 보았다.

속담

까마귀 검고 백로는 희다며
백로가 와서 비웃으니
까마귀 하는 말 너는 웃지 마라
나는 부럽지 않다
내 깃털 검다지만
속은 원래 하얗고
네 깃털 희다지만
속은 도리어 검지
겉 다르고 속 다를 바에야
속이 흰 게 낫지 않나

烏黑鷺羽白(오흑로우백) 鷺來笑烏黑(로래소오흑)

烏謝謂鷺言(오사위로언) 汝白吾不伏(여백오불복)

吾雖毛羽黑(오수모우흑) 肉膚本潔白(육부본결백)

汝縱毛羽白(여종모우백) 肉膚反陋黑(육부반루흑)

表裏各不同(표리각부동) 寧如內潔白(녕여내결백)

—「演俗言(연속언)」,『西溪集(서계집)』권3

서계 박세당의 시다. 이직의 시조를 한시로 풀이해 놓은 것 같다는 생각이 들 만큼 비슷하다. 그러나 말하고자 하는 내용에는 차이가 있다. 이직은 나라의 흥망에 초점을 두었고, 박세당은 속은 검으면서 겉이 희다고 자랑하는 사람들이 득세하는 세태를 꼬집은 것으로 보인다.

스스로를 백로라고 여기는 사람들은 대부분 부유하거나 지위가 높거나 명성이 높은 사람들이다. 이들은 까마귀에게 '너는 왜 검냐'고 비웃으며 자신이 가진 것을 자랑했다. 이런 백로에게 까마귀는 '네가 지니고 있는 부유함, 지위, 명성 따위는 부럽지 않다'고 받아친다. 그런 게 없어도 내 방식대로 잘살 수 있다는 말이고, 더 나아가 사는 데 아무런 지장이 없다는 말이다. 그러니까 부럽지 않다는 말을 당당하게 할 수 있는 것이다.

'속이 검은 것'은 자신의 겉모습을 내세우며 남을 무시하는 행동을 가리키는 것으로 이해할 수 있겠다. 자연스럽게 '속이 흰 것'은 겉모습에 휘둘리지 않고 남을 배려하는 마음을 지니는 것이 되겠다. 그럼 겉도 희고 속도 희면 되지 않나? 분명 그런 사람들도 있다. 많지 않기 때문에 저렇게 써서 세태를 비판했다고 볼 수 있다.

한편 박세당의 생애를 알고 보면 이 시를 다른 각도에서 읽을 수도 있다. 박세당은 조선이 청나라에 항복한 뒤 그들의 침탈 행위를 공적으로 포장한 '삼전도비문(三田渡碑文)'을 쓴 이경석(李景奭, 1595~1671)이 죽자 이 사람의 신도비명(神道碑銘, 생애를 적어 놓은 비석의 비문)을 썼다. 이경석은 '삼전도비문'을 쓰고 싶지 않았지만, 쓰지 않으면 조선이 한 방에 날아가는 상황이 일어날 수도 있었기 때문에 어쩔 수 없이 썼다.

비문을 썼을 당시에는 큰 문제가 되지 않았는데 이후에 송시열이 이경석을 비판했다. 박세당은 이경석의 신도비명을 쓰면서 송시열을 비판하였는데 이 일로 송시열을 따르는 노론(老論)계 정치가들에게 집중 공격을 받았고, 자신이 쓴 책도 부정당하면서 '사문난적'으로 몰려 불우하게 죽었다. 이렇게 보면 이 시에 등장하는 백로는 노론계의 학자들이었다고 볼 수도 있겠다.

까마귀는 검다는 이유로 백로는 희다는 이유로 미움을 받거나 사랑 받았다. 검은색은 나쁘고 흰색은 좋다는 관념이 있기 때문이다. 이런 관념은 지금까지도 큰 영향력을 지니고 있다. 대부분 까마귀를 싫어하고 백로를 더 좋아한다.

살펴보았듯 누가 까마귀냐 백로냐는 중요한 문제가 아니다. 누구의 마음이 '흰색'인지가 문제다. 겉모습이 어떠하든 '하얀 마음'을 지녀야 한다. 상대의 겉모습이 까마귀 같아 싫어 보여도 미워하거나 내치지 않고 존중하는 마음이 바로 하얀 마음이지 않을까. 상대의 겉모습이 백로 같더라도 자신을 내세우기만 하고 자기보다 못한 사람을 무시하면 '너는 틀렸다'고 말할 수 있는 용기도 하얀 마음에 속한다.

집 근처에 장애인 학교가 들어선다고 하자 집단으로 일어나서 막으려는 사람들, 아파트 출입구를 막아 두고 "임대 아파트에 사는 아이들은 들어오지 마라."고 하는 사람들, 작은 잘못을 저지른 사람에게는 가혹한 벌을 주고 큰 죄를 지은 사람한테는 어떻게든 벌을 주지 않으려고 하는 사람들, 이런 사람들을 감싸는 사람들……. 그래, 너는 틀렸다.

토사물 사이를
윙윙대며 다녀도

예전엔 모기만큼 파리도 많아서 천장에 파리 잡는 끈끈이를 붙여 놓은 걸 흔히 볼 수 있었다. 요즘엔 예전처럼 이런 광경을 자주 볼 수는 없지만 가끔 식당이나 화장실에 붙어 있는 걸 볼 때가 있다. 그럴 때마다 옛날 생각이 난다.

아닌 게 아니라 정말 파리가 많았다. 지금처럼 위생 환경이 좋지 못했기 때문이다. 예전에는 어린아이들이 길에다 대변을 보는 경우도 있어서 그 대변 위에 파리 떼가 앉아 있는 광경도 꽤 자주 봤다. 대변에 앉는 이른바 '똥파리'는 보통 파리보다 크고 몸 색깔도 녹색과 청색이 섞여 있어서 멀리서도 눈에 띄었다.

온갖 더러운 데는 다 돌아다니다가 사람이 먹는 음식에까지 날아와 앉는다. 파리가 앞발을 비비는 모양을 보면서 어른들은 "저렇게 앞발에 병균을 묻혀서 옮긴다."고 했다.

이런 놈들이니 파리는 사람들에게 미움을 받을 수밖에 없
다. 중국의 가장 오래된 시집인 『시경(詩經)』에 이런 내용이
나온다.

> 윙윙거리는 파리 울타리에 앉았다
> 화평하고 즐거운 군자는 헐뜯는 말을 믿지 마라
> 윙윙거리는 파리 가시나무에 앉았다
> 헐뜯는 사람 끝이 없어 온 나라를 어지럽힌다
> 윙윙거리는 파리 가시나무에 앉았다
> 헐뜯는 사람 끝이 없어 두 사람을 교란시키네

> 營營靑蠅(영영청승) 止于樊(지우번)
> 豈弟君子(개제군자) 無信讒言(무신참언)
> 營營靑蠅(영영청승) 止于棘(지우극)
> 讒人罔極(참인망극) 交亂四國(교란사국)
> 營營靑蠅(영영청승) 止于榛(지우진)
> 讒人罔極(참인망극) 構我二人(구아이인)
> ─『詩經(시경)』, 「小雅(소아)」, '청승(靑蠅)'

파리의 윙윙거리는 소리를 남을 헐뜯는 말에 비유하면서 인
격이 높은 군자나 백성을 다스리는 왕은 파리를 쫓아내듯

나쁜 소리를 듣지 말고 남을 헐뜯는 사람을 멀리하라고 권하고 있다. 『시경』에 이런 시가 실린 뒤로부터 파리는 간신이나 소인배를 지칭하는 벌레가 되었다.

> 내가 감기를 앓다가 구토를 했는데 파리가 냄새를 따라와서 그릇에 담긴 토사물을 먹다가 빠져 죽는 모양을 보고 베개에 엎드려 생각나는 대로 썼다

어리석은 파리들 추위에도 죽지 않고
어째서 한가롭게 떼 지어 날아다니나
왜 구멍 틈에 머물러 살며
재앙을 피하려 하지 않느냐
토사물 사이를 윙윙대며 다녀도
얻는 건 참으로 적을 거야
결국엔 그 속에 빠져 죽어
배가 불룩한 채로 떠다니는 시체가 됐구나
파리 떼는 옛날부터 미움을 받는 것이라서
네가 죽는 건 슬플 일이 없다마는
소인의 경계로 삼을 수는 있기에
한 번 웃고 시를 지었다.

癡蠅凍不死(치승동불사) 群飛何提提(군비하제제)

曷不守孔隙(갈불수공극) 與物無咎疵(여물무구자)

營營嘔吐間(영영구토간) 所得良已微(소득량이미)

終然就溺沒(종연취익몰) 飽腹爲流尸(포복위류시)

止棘古所疾(지극고소질) 爾死無足悲(이사무족비)

堪爲小人戒(감위소인계) 一笑因成詩(일소인성시)

— 「余病寒而嘔(여병한이구) 見群蠅逐臭而至(견군승축취이지) 就食嘔器(취식구기) 因以溺死(인이익사) 伏枕漫成(복침만성)」, 『谿谷集(계곡집)』 권25

조선 중기의 학자 계곡 장유의 시다. 이 시 안에도 『시경』의 흔적이 있다. '지극고소질(止棘古所疾, 파리 떼는 옛날부터 미움을 받는 것)'에서 '지극(止棘)'은 앞서 '청승'편에 소개한 '영영청승(營營靑蠅) 지우극(止于棘)'에서 따온 말이다. '지우극'은 파리 떼가 가시나무에 앉았다는 뜻이지만, '지극' 두 글자를 떼어서 파리를 지칭하는 말로 썼다.

지저분한 이야기를 참 자세히도 적어 놓았다는 생각이 든다. 내용은 어렵지 않다. 생각이 가는 대로 썼다고 했으니 따라 읽으면 된다. 가만히 숨어 지내면 죽을 일이 없을 텐데 그 토사물을 먹겠다고 떼거지로 몰려와서 먹다가 결국 배가 불러서 날지도 못 하고 토사물에 빠져 죽어 버린다. 얼마나 어리석은가.

'소인의 경계로 삼을 수는 있다'는 말에 주목해 본다. '소인(小人)'은 생각이 폭이 좁거나 성정이 좋지 않은 사람을 가리킨다. 이런 사람들이 '나는 저러지 말아야지' 다짐하면서 마음을 가다듬는 것이 '경계(警戒)'다. 이 말이 없었으면 재미있게 읽고 넘겼을 텐데 이왕 나왔으니 경계로 삼을 일이 무엇인지 생각해 봐야겠다.

시에 등장하는 파리는 겨울에도 안 죽고 나타나서 스스로 재앙을 불러들이는 짓을 했다. 무슨 일이든 때가 있는데 이를 몰랐다는 것이다. 사람도 마찬가지다. 나설 때와 물러서야 할 때를 알아야 실수를 줄일 수 있다. 눈앞에 이익이 보이더라도 취하기 전에 먼저 생각을 하라는 뜻으로 읽으면 되겠다. 파리는 더러운 토사물을 먹지만 사람이 그래서는 안 된다. 내가 취하려는 이익이 정당한 것인지 아닌지 살펴야 한다.

"십 억을 줄 테니까 감옥에 가라고 하면 가겠다."라고 말한 청소년들이 꽤 많다는 신문기사를 보면서 한숨을 쉬었던 생각이 난다. 돈을 벌 수 있다면 죄를 짓겠다는 말인데 어디 청소년만 그런가? 어른들도 이렇게 생각하는 사람들이 당장 내 주변에도 적지 않다. 이런 게 토사물이다.

애초에 먹을 생각을 하지 말아야 하는데 덥석 먹어 버렸다. 부당한 이익이므로 먹는 순간부터 파멸은 예정되어 있다. 언젠가는 이 이익 때문에 반드시 탈이 나게 되어 있다. 그런데도 이미 생각의 고삐가 풀린 사람들은 죽어 가는 줄도 모르고 계속 먹어댄다. 이런 사람들은 '적당히'나 '최소한'을 생각하지 못한다. 감기에 걸린 조선 시대 노인이 웃자고 쓴 글이지만 오늘을 사는 우리가 생각해 봐야 할 것은 분명히 있다. 가볍게 생각이 가는 대로 썼다고 하지만 전하고자 하는 내용은 가볍지 않다.

토사물 중에서 더 더럽고 큰 것 중의 하나는 뇌물이라고 생각한다. 공무원이나 정치인이 뇌물 때문에 인생을 망쳤다는 소식을 가끔 접한다. 뇌물을 받아 챙기면 반드시 비참한 말로를 맞이하게 된다. 사실 뇌물을 받겠다는 생각을 지니는 순간부터 죽음의 길로 가는 것이라 여겨야 한다. 어리석은 사람들은 처음에는 조금 가책을 느끼다 큰 액수에 눈이 뒤집히면서부터 발각되지 않을 거라고 믿는다. 작은 죄는 금방 들통이 나고 큰 죄는 그 죄의 크기만큼 늦게 들통이 난다. 이후엔 큰 벌이 따라온다.

아직 걸리지 않았다고 안심하면 안 된다. 걸리지 않으려고 머리를 써 봐야 소용없다. 토사물 속에 들어가서 배가 터질지도 모른 채 먹고 있었다는 걸 죽을 때가 돼서야 깨닫게 될 것이다. 죽을 짓을 하지 않는 게 좋다.

지나치게 펴면
네 몸이 욕을 당한다

『대대례기(大戴禮記)』에 이런 말이 나온다.

  물이 지나치게 맑으면 물고기가 없고
  사람이 지나치게 살피면 친구가 없다

  水至淸則無魚(수지청즉무어) 人至察則無徒(인지찰즉무도)

물이 너무 맑으면 물고기가 몸을 숨길 데가 없으니 잡히고
사람이 너무 까다롭게 살피기만 하면 주변 사람들이 피곤
함을 느껴 옆에 오지 않는다는 말이다. 적지 않은 사람들이
이 글을 두고 '사람이 너무 깨끗하면 안 된다'고 해석을 한다.
사람이 좀 나쁜 짓도 하면서 살아도 되고 나쁜 놈을 봐도 슬
쩍 넘어가는 게 좋다고 말한다.

202

　실제로 저 글을 가지고 잘못을 저지른 사람을 감싸면서 잘못을 지적한 사람한테 "사람은 다 그런 거야. 너는 완벽해?"라고 말하는 사람들이 있다. 그렇지 않아도 요즘엔 한문으로 된 글을 인용하여 말하는 사람을 두고 시대에 뒤떨어진다고 보는 추세가 주류를 이루고 있는 데다 저렇게 읽히는 글을 갖고 말을 하니 곧바로 듣는 사람의 반감을 산다.

　어딘가 좀 이상하지 않나? 옛날 사람들 글은 고리타분할지는 몰라도 누구라도 들었을 때 '말은 맞다'는 소리는 듣는다. 저 글도 마찬가지다. 저건 잘못한 사람을 감싸는 말이 아니고 잘못을 지적하는 사람더러 너무하다고 탓하는 말도 아니다. 『공자가어(孔子家語)』에 이런 말이 나온다.

　옛날 훌륭한 임금이 면류관을 쓰고 앞에 구슬을 드리운 것은 밝게 살피는 것을 가리기 위해서였고, 귀마개를 꽂은 것은 밝게 듣는 것을 막기 위해서였다. 그러므로 물이 지나치게 맑으면 물고기가 없고 사람이 지나치게 살피면 친구가 없는 것이다. (…) 백성이 작은 죄를 지었다면 반드시 그의 좋은 점을 찾아서 잘못을 용서해 주고, 큰 죄를 지으면 반드시 원인을 찾아서 어진 도(道)로 교화하며, 죽을죄를 지었더라도 살려 준다면 선해질 것이다.
　— 『孔子家語(공자가어)』, 「入官(입관)」 21*

나쁜 짓을 해도 된다는 말이 아니라 내가 남을 대할 때 좀 더 너그럽게 보는 게 좋다는 뜻이다. 잘못을 저질러도 되고, 잘못을 지적하지 않아야 된다는 말도 아니다. 아홉 가지를 잘하고 한 가지를 잘못한 사람에게 죽을죄를 지은 것처럼 대하지 말라는 것이다. 누군가가 잘못을 저질렀을 때 그 잘 못을 지적하되 거기에만 집중하지 않고 다른 면도 두루 살 피라는 뜻이다. 이게 '수지청즉무어(水至淸則無魚)'가 전하고 자 하는 말이다.

저런 마음을 지니고 사람을 살폈으니 일상에서 실행할 일이 남았다.

> 내가 하루는 우연히 유예(游藝)의 가르침이 생각나서, 나의 사물을 살피는 눈이 매우 얕은 것은 사물에만 정 신이 팔려 본심을 잃게 될까 하는 점을 두려워한 나머 지 그렇게 되었다고 자책하였다. 사물마다 그에 따르 는 법칙이 있는 것이니, 하나의 사물이라도 나의 내면 에 소용되지 않은 것은 없다. 사물 중에는 자벌레보다 더 작은 것이 없다. 자벌레를 소재로 삼아 짧은 노래 를 지어서 경계로 삼는다

---

* 전통문화연구회 고전종합DB의 번역을 인용하였음.

204

자벌레야 너는 왜 구부리나
지나치게 구부리면 네 뼈가 부러진다
자벌레야 너는 왜 펴나
지나치게 펴면 네 몸이 욕을 당한다
잠깐 폈다가 또 구부리면서
일생 동안 어기는 게 없구나
이래서 옛사람의 학문은
먼저 사물 연구를 가르쳤다
어째서 요즘 사람들은
하나같이 높은 벼슬만 추구하는가
배우는 일은 쉬지 않는 게 중요하고
노력하는 데는 더욱 법칙이 있다
더구나 벼슬아치 반열에 올라서
나만 옳다 하면 남이 반드시 성낼 것이다
이를 통해 밝은 덕을 얻으면
하늘이 밝게 굽어보시리라
행동함에 두 마음이 없어진다면
굳이 자벌레 시를 짓지 않아도 되겠지

尺蠖汝何屈(척확여하굴) 屈甚折汝骨(굴심절여골)
尺蠖汝何伸(척확여하신) 伸甚辱汝身(신심욕여신)

乍伸又乍屈(사신우사굴) 一生無所拂(일생무소불)

所以古之學(소이고지학) 教人先格物(교인선격물)

奈之何今人(내지하금인) 一向趨要津(일향추요진)

講學貴不息(강학귀불식) 施功尤有則(시공우유칙)

況當列簪紳(황당렬잠신) 自用人必嗔(자용인필진)

因之得明德(인지득명덕) 上帝臨赫赫(상제림혁혁)

周旋無貳心(주선무이심) 不用賦尺蠖(불용부척확)

— 「予一日(여일일) 偶思游藝之訓(우사유예지훈) 自責觀物甚淺(자책관물심천)

蓋由玩物喪志是懼而致此耳(개유완물상지시구이치차이) 夫有物有則(부유물유

칙) 豈有一物之不爲吾性內之用哉(기유일물지불위오성내지용재) 物之微(물지

미) 莫微於尺蠖(막미어척확) 故作短歌以自儆(고작단가이자경)」, 『牧隱集(목은

집)』, 「牧隱詩藁(목은시고)」 권9

고려 말의 대시인이자 학자인 목은 이색의 시다. 제목이 매
우 길다. '유예(游藝)의 가르침'은 『논어(論語)』, 「술이(述而)」편
에 나오는 말이다. 『논어』에는 '유어예(游於藝)'로 나와 있다.
'예(藝)'는 '재주'라는 뜻인데 옛날 선비들이 반드시 익혀야
했던 여섯 가지 재주인 예절·음악·활쏘기·말타기·글씨·수학
을 가리킨다. '유(游)'는 '노닐다'는 뜻으로 그냥 노니는 게 아
니라 자신의 마음이 지나치게 저기에만 치우치지 않는 선에
서 노닌다는 뜻이다.

이색은 저 공자의 말을 따라 자신의 마음이 사물에 지나치게 치우칠까 염려하여 사물을 자세히 살피지 않았다. 그러나 한편으로 어떤 사물이건 그 안에 살아가는 이치가 담겨 있고, 그것이 내면 수양에 도움을 줄 수 있는 것인데 너무 살피지 않아서도 안 되겠다는 생각을 하게 되었다. 이래서 사물 중에서도 매우 작은 자벌레를 관찰해 보기로 했다.

자벌레는 몸을 구부렸다 폈다 하면서 이동을 한다. 이 행동을 하지 않으면 살 수가 없다. 이색은 이 행동에 착안해서 사람이 너무 움츠리면서 눈치를 봐선 안 되고, 너무 뻣뻣하게 굴어도 안 된다고 말하였다. 움츠려야 할 때는 움츠리고 펴야 할 때는 펴야 다치지 않고 살아갈 수 있다는 것이다.

내 생각이 옳다고 해서 뻣뻣하게만 굴면 설령 그 생각이 완전히 옳다고 하더라도 사람들이 인정해 주지 않는다. 이런 행동을 지속하면 사람들은 나를 멀리하게 되고, 이후에도 계속 고집하면 옳은 생각을 펼쳐 보지 못하고 꺾이게 된다. 마찬가지로 옳지 않은 일을 바로잡지 않고 움츠리고만 있어도 남들에게 무시당한다.

옳은 것은 옳다 하고 그른 것은 그르다고 해야 한다. 일상 혹은 사회에서 옳은 일은 반드시 실천에 옮겨야 한다. 그러나 행동으로 옮기기 전에 한 번쯤 생각해 봤으면 좋겠다. 우선 내가 옳다고 믿는 것이 정말 옳은 것인지 따져 봐야 한다. 옳다고 판단했으면 이를 남들에게 어떻게 전달할지 생각해야 한다.

"이건 이래서 옳다고 생각하니 당신들도 한번 살펴봤으면 좋겠다."

이처럼 자신을 낮추며 권유하는 게 좋을 것 같다. 나만 옳다고 우기는 사람을 환영하는 곳은 어디에도 없기 때문이다. 그러나 현재 우리 사회에서 옳음을 주장하는 방식은 이런 것 같다.

'이건 옳은 일인데 당신들은 왜 아무도 관심을 두지 않는가. 당장 이 일을 해결해야 하는데 당신들은 엉뚱한 데에 정신이 팔려 있다. 이런 걸 보면 당신들은 옳은 게 뭔지도 모르는 사람들이다.'

아주 많은 사람이 화가 나 있다. 화를 낼 만하니 냈겠지만 이런 방식으로는 다른 사람들의 동의를 얻기 어렵다. 옳다고 인정한다 해도 남들이 모두 호응해야 한다는 법도 없다. 우선 화부터 삭이는 게 좋겠다. 화를 삭인 뒤에 남을 너그럽게 바라보자. '사람이 지나치게 살피면 친구가 없다'는 말을 염두에 두었으면 한다. 이런 말을 하는 당신은 그렇게 살고 있느냐고? 그렇게 살고 있으면 '자벌레 이야기'를 굳이 썼겠나.

삶과 사랑

애들이 뭘 알겠는가마는
추수한 뒤라 풍년을 기뻐한다
새참을 따라 앞다투어 달려가고
친구를 부르며 함께 즐거이 논다
물이 마른 어량에서 고기를 잡거나
쑥대로 된 화살을 쥐고 참새를 쫓아간다
늘 이웃집 할아버지 주무시기 기다렸다가
붉은 감을 서리해 온다

냇물에 비친
나를 봐야지

가끔씩 세상을 떠난 사람이 문득 보고 싶을 때가 있다. 예전엔 서늘한 바람이 불어오고 낙엽이 떨어지는 가을에 주로 그런 생각이 들었다. 그러나 이제는 계절에 상관없이 어느때고 불쑥 떠오른다. 젊은 날의 가을은 언제고 다시 오지만 인생 후반부의 가을은 자주 오지 않기 때문일 것이다. 하루하루 지내다 보니 어느덧 내 인생은 가을 문턱으로 접어들었다.

요즘엔 고인의 생전 모습을 담은 영상, 음성파일 등을 통해서 볼 수 있지만, 몇십 년 전까지만 해도 사진을 보는 것이 고인을 회상할 수 있는 거의 유일한 방법이었다. 그러고 보니 내가 어렸을 적에 누나가 녹음기를 써서 할아버지의 목소리를 카세트테이프에 담았던 기억이 난다.

이 외에 뭐가 있을까? 고인을 떠올리며 글을 쓰거나 여러 사람이 모인 자리에서 이야기하거나, 혼자 있을 때 머릿속으로 떠올려 보는 것 정도가 전부였을 것이다. 이렇게 하더라도 허전함을 다 채울 수 없다. 그 허전함을 안고 일상으로 돌아갔다가 잊을 만해지면 다시 떠올려 보기도 한다.

고인과 헤어지는 것을 '영결(永訣, 영원한 결별)'이라고 부르는데 이 시간에 슬픈 마음이 정점을 찍는다. 마지막이라서 그렇다. 평생 지속할 것 같았던 이 슬픔은 시간이 지나면서 옅어지고 이후엔 허전함으로 변한다. 그러니까 허전함의 바탕에는 슬픔이 자리하고 있는 것이다.

그나마 지금은 최소한 고인의 생전 모습을 보거나 음성을 들으면서 허전한 마음을 달랠 수 있다. 이마저도 없었던 옛날에는 어땠을까? 죽음 자체도 슬픈 일인데 거기에 더해 고인을 떠올릴 방법이 없는 상황이라니. 어찌 보면 지금보다 더 슬프고 막막하지 않았을까?

연암에서 먼저 간 형을 떠올리며

우리 형 얼굴 수염 누구를 닮았었나
돌아가신 아버지 생각날 때마다 우리 형 쳐다봤지
이제 형 그리우면 어디에서 봐야 하나
두건 쓰고 도포 입고 가서 냇물에 비친 나를 봐야지

我兄顔髮曾誰似(아형안발증수사) 今日思兄何處見(금일사형하처견)

每憶先君看我兄(매억선군간아형) 自將巾袂映溪行(자장건몌영계행)

──「燕岩憶先兄(억연암선형)」,『燕巖集(연암집)』권4

『열하일기(熱河日記)』로 널리 알려진 조선 후기의 문장가 연암(燕巖) 박지원(朴趾源, 1737~1805)의 시다. 박지원이 형인 박희원(朴喜源)을 기억하는 방식이다. 가족이라고 해서 생김새가 완전히 똑같을 수는 없지만, 아무래도 남보다야 비슷한 점이 많다. 아버지가 생각날 때는 형을 봤는데 이제 형마저 없으니 자신을 보면서 형을 떠올리는 모습에서 가슴이 먹먹해진다.

박지원의 벗이자 천재 지식인이었던 이덕무(李德懋, 1741~1793)도 그런 마음이 들었나 보다. 이 시를 읽고 이런 말을 남겼다. 박지원의 둘째 아들 박종채(朴宗采, 1800~1834)가 아버지의 생전 행실을 회상하며 쓴 『과정록(過庭錄)』에 실려 있다.

감정이 극도에 이른 말이라 하염없는 눈물을 흘리게 한다. 진솔하고 절절하다고 할 만하다.

情到語(정도어) 令人淚無從(영인루무종) 始得謂眞切(시득위진절)

이덕무는 이 시의 주된 정서를 '슬픔'으로 보고 있다. 실제로 박지원 역시 형의 장례를 치르고 얼마 지나지 않아 이 시를 통해 애도의 마음을 표현했다고 하니 슬픔이 대부분을 차지한다고 봐야겠다.

나도 그랬다. 보는 순간 생각할 겨를도 없이 눈물부터 났다. 동시에 '와, 어떻게 이렇게 쓸 수 있지?' 하며 감탄했다. 눈물을 멈추고 네 줄을 다시 읽어 보았다. 죽은 이를 떠올리는 방식이 무척 기발하다는 생각이 들었다. '어떻게 저런 생각을 했지?' 문득 웃음이 났다. 지금은 저렇게 하는 사람이 없고, 나도 저래 본 적이 없으니 신선하다고 느꼈던 것 같다. 그렇지 않나? 지금 같으면 옷을 갖춰 입고 거울을 보면서 죽은 사람을 떠올리는 것이나 마찬가지니 웃음이 날 수밖에.

박지원이 있던 곳으로 돌아가 봤다. 그렇게 해서라도 슬픔과 그리움을 달래려 하는, 지금 생각하면 조금은 희극적인 모습이라 할지라도, 박지원의 마음을 생각해 보면 마냥 웃고 있을 수 없다. 거기에 형을 통해 아버지까지 떠올린다. 형의 죽음을 슬퍼하고 있지만 그 바탕에는 아버지를 향한 그리움까지 자리하고 있다.

나 혼자 남았다. 이제는 나를 보며 그들을 떠올려야 하는 시간이 왔다. 이 시간이 인생의 가을인지 겨울인지, 내 삶이

가을에 저물어 버릴 것인지 겨울을 맞이할 것인지 알 수도 없다. 생각이 여기까지 오면 의지할 곳을 잃고, 알 수 없는 내일을 혼자 살아야 하는 나를 만나게 된다. 혼자 남기 전에는 그럴 수 있을 줄 알았는데 막상 혼자가 되고 당연히 그 자리에 있던 사람이 사라져 버리니 나는 참 약하다는 생각이 들고 외로워진다.

죽은 사람을 그리워한다는 건 그 사람과 살았던 시간을 그리워하는 것이다. 그래야 내가 덜 외롭고 덜 불안해질 테니까. 하루하루 정해진 일상을 살기에 불안함과 고독함을 느낄 겨를이 없을 뿐이지, 틈만 나면 이런 마음은 언제고 불쑥 올라올 준비를 하고 있다. 이 마음을 잠재우는 데에 반드시 죽은 사람을 기억하는 방식만 있지는 않다. 살아 있는 사람과 함께 하면서 잠시 잊을 수 있다. 동시에 옛날의 일은 결과가 정해져 있기 때문에 모든 상황을 내 뜻대로 조정할 수 있으므로 죽은 사람을 떠올리면서 더 위안을 얻을 수도 있지 않을까.

이렇게 보면 죽은 사람은 세상에 없지만 내 안 어딘가에 있기도 한 것이다. 이래서 많은 사람은 죽은 사람을 떠올리며 슬픈 마음을 일으키고 이젠 혼자 남아 있는 자신의 처지를 생각하며 고독감도 느끼지만, 그 사람과의 옛일을 생각하며 미소를 짓기도 하는 게 아니겠나. 이처럼 죽은 사람은 산 사람에게 온갖 마음을 일어나게 해 준다. 삶과 죽음이 다른 것처럼 죽은 사람과 산 사람에게서 느끼는 감정은 비슷하지만 다르다.

　죽은 사람을 떠올렸을 때 일어나는, 무어라 표현하기 어려운 온갖 마음이 바로 나를 살아가게 해 주는 힘이 아닐까 싶다. 이런 생각이 드는 걸 보니 아직 내 인생은 초가을 즈음에 와 있는 것 같다. 겨울이 왔을 때 나는 무슨 생각을 하게 될까. 누군가를 그리워하겠지. 또 그렇게 살아가겠지.

지금 내 맘이
어떤지 아나

나이가 들면 드는 대로 좋은 점도 있지만 그렇지 않은 점도 무척 많다. 한창 사회생활을 하는 사람들은 살아온 시간만큼 신경 쓸 일도 많아져서 하루하루가 고달프다. 남들보다 비교적 여유 있게 시간을 쓰는 나도 그런데 바쁘게 사는 사람들은 말할 나위가 없을 것이다.

친구를 만날 시간도 턱없이 부족하다. 몇 달에 한 번 보면 그나마 자주 보는 편이라고 할 정도로 나이가 들면 만나야 할 사람이 많아진다. 어느 날 문득 보고 싶어서 전화할 수도 있지만, 그러면 또 '약속을 잡아야 하는 거 아닌가?' 하는 생각이 들어서 연락을 하지 않게 된다. 뒷생각을 하지 말고 바로 연락하면 되는데 생각처럼 쉽지 않다.

세대를 막론하고 사람들 사이에 흔히 하는 말이 있다. "조만간 술 한잔합시다." 또는 "조만간 식사 한번 해요." 그러고 나서 대부분 '조만간'에 만나지 않는다. 마음이야 당장이라도 한잔하고 싶지만 일정이 줄을 서 있으니 당장 실행하기 어렵다. 이걸 핑계라고 하면 할 말이 없지만, 그보다는 이 말에 함께하고 싶은 마음을 담았다고 볼 수도 있지 않을까.

'조만간'이 내 어린 시절의 어른들에게는 '망년회'였을 것이다. 어린 시절에는 어른들이 망년회(이제는 송년회라고 부른다)를 하는 것이 이해되지 않았다. 만취한 상태로 불미스러운 일을 일으키는 걸 직간접적으로 듣거나 보기도 해서 그런 것도 있었지만, '아니, 평소에 만나면 되지. 왜 굳이 연말에 단체로 저럴까?' 하는 생각이 더 컸다. 이제는 내가 그러고 있다. 내가 하는 일과 관련 있는 사람과 우선 약속을 하고, 내 마음을 알아줬고 앞으로도 알아줄 친구와의 약속은 뒷날로 미뤄두었다가 연말에 송년회를 한다. 몇 시간 동안 술을 마시고 취해서 허위허위 집으로 돌아온다.

예전보다는 좋아진 게 있다. 인터넷과 핸드폰 덕분에 친구와 수시로 연락을 할 수 있다. 각종 플랫폼도 많아져서 친한 친구는 물론이고 연락이 끊어졌던 친구와도 만날 수 있게 되었다. 떨어져 지냈던 시간 동안 서로 다른 길을 걸으면서 많이 변했기 때문에 어린 시절의 추억만으로 관계를 유지하기 어려운 면도 있고, 심지어 오히려 소원해지는 부작용도 생겼지만 그래도 좋은 점이 더 많다고 본다.

사람을 살아가게 해 주는 힘에 내일에 대한 희망만 있지는 않다. 과거의 추억을 떠올리며 힘을 얻기도 한다. 게다가 그 추억의 친구가 지금 이 시간에도 어디에선가 나와 함께 살아가고, 가끔 만날 수도 있으니 얼마나 든든한가.

우석이와도 그럴 수 있을 줄 알았다. 이 친구는 중학교 동창이다. 건너 건너 나를 포함해서 2학년 때 같은 반이었던 친구 네 명이 모 인터넷 회사의 플랫폼을 통해 만났다. 보통의 경우 초등학교나 고등학교 때 친구들이 더 기억에 남는다고 하는데, 우리 넷은 좀 별다른 경우였던 것 같다.

우석이는 곱슬머리에 키가 작았고 목소리는 까랑까랑했으며 활달한 성정을 지닌 친구였다. 그래서인지 가장 활발히 소식을 전하고 우스갯소리도 잘했다.

"재욱이, 너 작가님이지? 유명하겠네? 나 만나 줄 수 있어? 만나 주세요. 하하하."

"너 아직도 무협지 많이 보냐? 너한테 『영웅문』 빌려 봤던 거 기억하냐?"

"우리 빨리 만나자!"

어릴 때 그 성격 그대로 살았구나. 정말 보고 싶었다. 넷이서 만날 날을 잡아보려 했다. 넷 모두 의욕은 있었는데 좀처럼 시간을 맞출 수가 없었다. 차라리 사람이 많으면 한두 명 빠진 채로 만나면 되는데 넷밖에 없으니 한 명만 없어도 티가 난다. 고민하고 있는데 역시 우석이가 이 상황을 정리했다.

"당분간은 어려운 거 같으니까 연말로 정해 놓자. 올해가 가기 전에 무조건 보는 거야."

몇 달이 지난 2014년 12월 8일, 모임 게시판에 사진 한 장이 올라왔다. 사진 속 친구들의 모습은 어릴 적 모습 그대로였다. 다른 친구가 한마디를 남겨 놓았다.

"재욱아, 너 없이 모였다. 네 얘기도 했고. 다음엔 꼭 보자."

나는 그 자리에 가지 못했다. 남들처럼 조만간 보자고 하고선 빈말을 하게 된 것이다. 미안했지만 '다음에 보면 되지 뭐' 하고 넘겼다. 그런데 세 명이 만난 뒤 며칠이 지나지 않아 짧은 글 한 줄이 올라왔다.

"어떻게 이럴 수가 있나. 우석아, 네가 가다니."

드라마 속에서 누군가가 갑자기 세상을 떠났다는 소식이 전해지면 놀라기도 하고 웃기도 하면서 "아니야, 그럴 리가 없어.", "지금 장난하는 거지? 사람 목숨 갖고 장난치는 거 아니야."라는 말을 한다. 그런 장면을 볼 때마다 전혀 와 닿지 않았다. 아무리 드라마라고 하지만 너무 과장한다는 생각이 들곤 했는데 그때 내 마음이 바로 그랬다. '얘가 지금 장난을 하나?'

우석이는 불의의 사고로 세상을 떠났다. 너무 갑작스레

일어난 일이라 슬퍼할 겨를도 없었다. 그간 살아오면서 동
년배의 죽음을 보지 못한 건 아니었지만 우석이의 경우는
그전과는 달랐다. 창졸간에 일어난 일이라 받아들이기 어려
워서 그랬던 것 같기도 하다. 슬프다기보다는 그저 답답하
고 한숨이 날 뿐이었다. 세월이 흘렀는데도 내 마음이 무언
지 알 수가 없었다. 황망했던 그날을 잊을 수가 없다.

  사언 민달혁의 만사

  아프다는 소식 듣고 한번 가 봐야지 했는데
  문밖에서 문득 상여가 떠난다고 하네
  동갑내기인 내가 먼저 가는 자네를 곡하는데
  지금 내 마음이 어떤지 아나

  聞病思相問(문병사상문) 門外忽訃車(문외홀부거)
  同庚哭先逝(동경곡선서) 白首意何如(백수의하여)
  ─「閔士彦達爀輓(민사언달혁만)」, 『剛齋集(강재집)』 권1

조선 후기 학자 우암(尤庵) 송시열(宋時烈, 1607~1689)의 6대손
인 강재(剛齋) 송치규(宋穉圭, 1759~1838)의 시다. 동갑내기 친
구인 사언(士彦) 민달혁(閔達爀)을 추도하는 글이다. 민달혁이

어떤 사람인지는 자세히 알기 어렵다. 막역한 사이였던 것
으로 짐작할 수 있을 뿐이다.

'만(輓)'은 '끌고 간다'는 뜻인데 상여를 끌고 가면서 쓴다
는 의미가 담겨 있다. 이런 시를 만시(輓詩), 만사(輓詞) 또는
'끌다'는 뜻의 다른 한자를 써서 만시(挽詩)라고 부르기도 한
다. 지금의 추모시나 추도시에 해당하는 글이라 할 수 있는
데 시를 남긴 사람 치고 만시를 쓰지 않은 사람은 없다고 봐
도 무방할 만큼 이런 만시는 셀 수 없을 만큼 많다.

시를 보는 순간 우석이가 떠올랐다. 상황이 똑같지는 않
지만 한번 봐야지 하고 있었는데 갑자기 부음을 듣게 된 점,
고인과 동갑내기라는 점, 뭐라 말하기 어려운 마음을 드러
냈다는 점이 같다. 굳이 말하지 않아도 송치규의 마음이 다
설명된다. 그 마음이 내 마음이기도 하다.

나이가 들면 눈물이 많아진다고 한다. 나도 그렇다. 문득
문득 옛 추억을 떠올리며 눈물을 흘릴 때가 있다. 그러나 남
눈치를 보지 않으면서 소리 내어 통곡하거나 눈물을 흘리기
쉽지 않다. 남자가 부끄럽게 아무 때나 울면 안 된다는 생각
을 해서가 아니라 눈물을 흘릴 시간과 공간이 없어서 그렇다.
마음껏 슬퍼할 시간도 없이 하루하루를 바쁘게 살아간다.

만나는 것도 미루다가 영영 볼 수도 없게 되어 후회를 하
는 마당에 눈물을 흘리는 일까지 미룰 수는 없다. 이 일마저

미루면 더 큰 후회를 할 것 같다. 몇 년이 지나 이제야 눈물을 흘리며 친구를 떠올린다. 마지막이라는 걸 알았다면 그때 만났어야 했는데…. 아니지 마지막인 걸 알았다면 전화를 해서 "너 그날 차 조심해."라고 했겠지. 무슨 생각을 해도 마음이 아프다.

　나머지 두 명에게 연락을 했다.

　"얘들아, 조만간에 보자."

2014년 12월, 불의의 사고로 세상을 떠난 고(故) 강우석을 추모하며

머물렀던 발자국
찍혀 있네

직장에 다니는 딸아이는 얼마 전까지 커피 가게에서 아르바이트를 했다. 어느 날인가 퇴근하고 와서 집에서 같이 술을 한잔하는데 아이 표정이 참 밝았다. 아내가 말했다.

"평소에는 일 마치고 오면 힘들다고 그러더니 오늘은 안 그러네?"

딸아이가 대답했다.

"좋은 일이 있었지. 하하하."

"뭔데?"

"우리 가게에 가끔씩 오는 남자 분이 있는데 오늘 나한테 말을 걸었어."

내가 끼어들었다.

"왜? 그 남자애가 전화번호 달라고 하던?"

"응. 괜찮아 보인다고 하면서 혹시 남자 친구 없으면 전화번호 좀 줄 수 있냐고."

"그래서 뭐라고 했냐? 줬어?"

"안 줬지. 남자 친구 있다고 하고 거절했어."

아내가 핀잔 아닌 핀잔을 줬다.

"그게 그렇게 기분 좋을 일이냐?"

"그럼. 좋지 않아? 나 아직 안 죽었다고. 하하하."

남 눈에 좋게 보이는 건 좋은 일이다. 딸아이가 즐겁게 웃는 걸 보며 덩달아 기분이 좋아졌다. 그러면서 한편으로 그 남자애는 어떤 기분이었을지 생각해 봤다.

"그 남자애는 거절을 당한 거잖아. 그 말을 들으면서 무슨 생각을 했을까? 부끄러워했을까?"

"살짝 당황했겠지만 거기까진 안 갔을걸? 그냥 그런가 보다 했겠지. 요즘엔 다들 전화번호 달라고 하니까."

내가 저 나이 때는 여학생에게 말을 붙이지도 못했다. 물론 용기를 내어 여학생에게 고백을 해서 사귀는 친구들도 적지 않았지만 예전엔 요즘처럼 스스럼없이 말을 주고받는 분위기가 일상적이지 않았다. 이런 모습을 보며 혀를 차는 사람들도 꽤 있겠지만 나는 오히려 활달해 보여서 보기에 좋다. 우리 딸 안 죽었구나!

지금이야 배불뚝이 아저씨지만 청소년기 시절의 나는 몸이 호리호리하고 약했다. 운동을 좀 해야겠다 싶어서 격투기를 시작했는데 체육관에 가려면 버스를 타야 했다. 학교 수업이 끝나면 집에 와서 교복을 벗어 놓고 버스 정거장으로 나갔다. 그 시간이 오후 6시였던 걸로 기억한다.

버스 정거장에 친구들과 함께 다니는 그 여학생이 있었다. 우연히 눈을 마주쳤는데 그렇게 예쁠 수가 없었다. 급히 눈을 깔고 고개를 돌려 다른 곳을 쳐다봤다. 부끄러운 마음이 들었던 건 아니고 조금 당황했던 것 같다. 아무 일도 없었으니 부끄러워할 것도 없지 않나?

하루 이틀, 일주일이 지나도록 그 여학생은 같은 시간에 버스를 탔다. 조금씩 부끄러워지기 시작했다. 예쁘다는 생각을 넘어 말도 붙여 보고 싶은 마음이 생겼으니까. 일주일이 지나면서부터 6시가 되기 전에 버스 정거장으로 나갔다. 혹시 그 여학생이 먼저 나올 수도 있다는 생각이 들어서였다. 집에 오자마자 잽싸게 옷을 갈아입고 정거장으로 뛰어나갔다.

또 일주일이 지났다. 물론 말을 붙이지 못했다. 그 아이의 친구가 옆에 있어서기도 했지만, 없을 때도 감히 말을 붙일 용기가 나지 않았다. 하루는 혼자 고민을 하다가 친구 녀석한테 이 여학생 이야기를 했다. 녀석은 낄낄 웃었다.

"혼자 그러고 있어 봐야 소용없어. 말을 걸어야지."

"뭐라고 말을 걸어?"

"음, 괜찮아 보이는데 저하고 만나실래요?"

"야, 어떻게 바로 그런 말을 해."

"그럼 어떡해? 계속 가만히 있을래? 그거보단 낫지."

어휴, 내가 말을 할 놈한테 말을 했어야지. 일생에 도움이 안 되는 놈이네. 이러면서 가만히 생각해 보니 딱히 다른 방법도 없었다. 하, 이걸 어떻게 하지? 답을 내기 어려운 생각을 하는 사이 시간만 흐르고 짝사랑은 더 깊어져 갔다.

결국 바보 같은 다짐을 했다. 이번 달 말일에 나는 그 여학생에게 무슨 말이든 걸어 볼 거다. 그런데 무슨 말을 하지? 아냐 아냐 그건 나중에 생각하자. 인사라도 하면 되는 거 아닌가? 걔가 인사를 받아 주면 그다음부턴 뭐가 돼도 되겠지. 말 걸어 보고 안 되면 깨끗이 포기하고 그 시간에 버스를 타지 말아야지.

매일매일 그 여학생을 만났다. 슬슬 대범해졌다. 눈길을 일부러 다른 곳으로 돌리지 않았다. 모르겠다. 그 시간이 참 기다려졌고 그 아이를 보는 것만으로도 좋았다. 표정은 무덤덤했지만 가슴은 두근거렸다. 이 아이는 나를 알고 있을까? 매일 같은 시간, 같은 자리에 남학생이 혼자 서 있고 버스를 타고 가니 알고는 있었겠지? 그래. 인사를 받아 주면 물어봐야지. "저 알고 있었어요?"

거짓말처럼 그날은 비가 왔다. 늘 그랬던 것처럼 6시 이

전에 나가서 기다렸다. 저 멀리서 여학생들이 걸어온다. 그런데 그 아이가 보이지 않았다. 무조건 와야 하는데 오지 않았다. 6시 10분, 6시 20분, 6시 30분, 이 아이는 오지 않았다. 한 시간이 지나도록 나타나지 않았다.

버스를 타고 가면서 비가 내리는 창밖을 바라보았다. 못 만난다는 건 내 계획에 없던 거였지만 다음날부터 나와 한 약속을 지켰다. 이후 그 여학생을 다시 보지 못했다. 열여덟 봄날의 아련했던 기억….

길에서 만난 여인

비단 버선, 물 위를 걷듯 가벼이 가더니
한 번 중문(重文)에 들어가선 종적 묘연해졌다
다정하여라, 잔설이 남아 있어
낮은 담장 가에 머물렀던 발자국 찍혀 있네

凌波羅襪去翩翩(능파라말거편편) 一入重門便杳然(일입중문변묘연)
惟有多情殘雪在(유유다정잔설재) 屐痕留印短墻邊(극흔류인단장변)
―「路上所見(노상소견)」,『大東詩選(대동시선)』권6

시·서·화에 모두 능했던 조선 후기의 표암(豹菴) 강세황(姜世

228

晃, 1713~1791)이 쓴 시다. 집으로 들어가 버린 이 여자와 작가가 어떤 사이였는지 알 수 있는 길은 없다.

남자는 물론 여자가 설령 남자에게 호감이 있다고 해도 함부로 말을 섞을 수 없는 조선 시대다. 그러나 이성을 향한 호감과 호기심은 옛날이나 지금이나 크게 다르지 않다. 여자는 뒤도 돌아보지 못하고 집으로 들어가 버렸지만, 누군가가 자신의 뒤를 따라오고 있다는 걸 알고 있었다. 몰래 담으로 나와서 그 누군가를 지켜보았다. 애틋함이 느껴지는 시는 아니지만 약간의 긴장감과 설렘을 동시에 느낄 수 있는 시다. 이들은 어떻게 되었을까?

열여덟 봄날의 그 아이를 생각했다. 매일매일 같은 시간에 그 자리에 둘은 같이 있었다. 그 아이는 나를 몰랐을 테지만, 강세황이 뒤를 따라간 것처럼 그 아이를 따라갔다. 버스를 타고 일정한 거리를 같이 다녔지만 늘 그 아이의 뒷모습을 보았을 뿐이다. 그 아이는 내가 자신의 뒤를 따라갔다는 걸 알았을 지도 모른다. '담장에 찍힌 발자국'은 확인할 길이 없지만, 아마 그랬을 거라고 짐작할 뿐이다. 그때는 참 아쉬웠는데 이제는 그렇지도 않다. 이미 지난 일인데 그게 다 무슨 소용이 있겠나.

이런저런 일을 겪고, 이런저런 생각을 하며 살아왔고 살아간다. 내 딸에게 전화번호를 물어봤던 그 친구의 용기는

그거대로 좋고, 한 달간 말도 못 붙여 보고 끝나 버린 나의
수줍음도 나쁘지 않다. 세상이 변했다지만 지금 이 순간에
도 혼자 속을 끓이는 사람들이 많을 것이다. 괜찮다. 짝사랑
도 한번 해 볼 만하지 않나?

내 맘에 맞는 게
중요한 것

어렸을 때 부모님을 따라 서울로 부산으로 여행을 간 적이 있다. 너무 어릴 때라 가서 뭘 했는지 자세히 기억 나진 않는다. 흑백사진 속 젊은 부모님과 꼬마인 내가 서 있는 걸 보면서 그땐 그랬지 하며 상념에 젖을 뿐이다. 바람처럼 흘러 버린 시간에 마음이 살짝 아프기도 하고, 늙어 버린 부모님을 생각하며 한숨을 쉬기도 하고, 그때의 부모님보다 더 나이를 먹은 내 모습을 보며 쓴웃음을 머금기도 한다.

이처럼 비교적 어두운 생각만 드는 건 아니다. 여행 가는 날을 손꼽아 기다리며 설렜던 그 느낌은 여전히 기억하고 있다. 십 대와 이십 대 시절엔 마음이 맞는 친구들과 함께 노는 게 좋았다. 구경거리도 많고 배울 거리도 있었지만 그건 부수적인 것이었고, 그저 꽉 짜인 일상에서 벗어나 친구들과 같이 있다는 사실에 즐거워했다. 어렸을 땐 모르는 곳에 가니까 설렜다면 이 시기에는 친구들과 함께하기에 설 렜다. 수학여행, 수련회, 엠티를 떠올릴 때 장소보다 사람을 먼저 생각하는 것처럼 말이다.

사회생활을 시작하면서 여행은 '쉬는 수단'이 된 것 같다. 예전에는 비교적 즐거웠던 사람과의 관계는 일이 되면서 즐 겁지만은 않게 되었고, 어떤 경우엔 사람 때문에 스트레스 를 받는 일도 많다. 일도 일이지만 사람 때문에 피곤해진다. 휴가는 잠시 이런 일상에서 벗어나게 해 주는 오아시스 같 은 시간이다. 휴가철이 되면 도로에 차가 가득 찬다. 그래도 기분이 나쁘지 않다. 벗어날 수 있기 때문이다.

삶의 시기마다 여행을 가는 목적과 여행을 대하는 마음 은 조금씩 달라지지만 공통점이 있는 것 같다. 사람은 누구 나 일상에서 벗어나고 싶고, 지친 몸을 쉬게 해 주고 싶고, 실타래처럼 얽혀 있는 생각을 정리하거나 잊고 싶어서 여행 을 가는 것이다.

옛날 사람들도 요즘과 크게 다르지 않았다. 견문을 넓히 기 위해 여행을 하는 경우도 많았지만 그렇다고 하더라도 대부분 속세에 대한 염증을 품었고 글 속에 속세를 벗어나 려는 마음을 드러냈다. 여행하면서 이런저런 다짐을 하며 마음을 잡았고 살아갈 힘을 얻었다.

돌아올 때의 흥

오늘 아침 문득 기분이 꿀꿀해서
말을 몰아 도성 문을 나섰지
쉬지 않고 냇물이며 길을 넘어
저 바닷가 마을까지 갔어
이 마을은 매우 구석져서
세상의 떠들썩함 없는 곳
산에 있는 밭에는 메벼가 가득
동산에는 밤 대추가 널려 있어
이웃한 네다섯 집은
옛날 모습 꽤 남아 있는데
벼슬아치 친구를 두지 않았어도
이야기 나눌 만할 정도는 됐지
짜고 비린 해산물이 깔려 있고
막걸리는 바가지에 가득
취하고 배부르니 할 일 없어서
노래 부르며 옛사람에게 오만을 떨어
인생은 내 맘에 맞는 게 중요한 것
가난하든 잘되든 따질 게 뭐 있어?
가난하든 잘되든 따질 게 뭐 있어?

세상일은 대부분 뒤집히게 마련이야

今晨忽不怡(금신홀불이) 驅馬出都門(구마출도문)

行行越川陸(행행월천륙) 適彼海上村(적피해상촌)

海上殊僻陋(해상수벽루) 而無塵世喧(이무진세훤)

秔稻滿陂田(갱도만피전) 棗栗遍中園(조율편중원)

比隣四五家(비린사오가) 頗有古風存(파유고풍존)

雖無軒裳侶(수무헌상려) 聊可共晤言(료가공오언)

海味薦鹹腥(해미천함성) 村酒盈匏樽(촌주영포준)

醉飽了無事(취포료무사) 嘯詠傲羲軒(소영오희헌)

人生貴適意(인생귀적의) 窮達何足論(궁달하족론)

窮達何足論(궁달하족론) 世事多覆翻(세사다복번)

— 「歸興(귀흥)」, 『谿谷集(계곡집)』 권25

조선 중기에서 후기로 접어드는 시기 '한문사대가(漢文四大家, 한문에 뛰어난 네 명의 대가)' 중 한 사람으로 명성이 높았던 계곡 장유의 시다. 어딘지 구체적으로 알 수는 없지만 궁벽한 바닷가 마을에 갔다가 돌아오면서 드는 생각을 경쾌한 필치로 써 놓았다.

 떠나는 이유와 모습이 지금과 무척 비슷해서 편하게 읽힌다. 나도 이런 적이 몇 번 있다. 기분이 꿀꿀해서 무작정 차를 몰고 어디론가 가서 몇 시간을 앉아서 이런저런 생각을 하다 온다. 붙임성이 없는 성정을 지니고 있지만 그곳에 사는 분들과 스스럼없이 이야기를 나누기도 했다.

장유가 하고 싶은 말은 뒤쪽에 있다. 행복이라는 건 특별한 곳에 있는 게 아니라 늘 먹을 수 있는 '짜고 비린 안주와 막걸리'에 있고, 인생은 내 뜻대로 사는 게 제일 좋으며, 가장 즐거운 때는 어제도 내일도 아닌 오늘이다. 사람은 누구나 가난함과 낮은 지위를 싫어하지만 이것은 언제든 뒤바뀔 수 있기 때문에 굳이 거기에 얽매일 필요 없다고 말하고 있다.

오늘이 가장 즐거운 때라는 건 '노래 부르며 옛사람에게 오만을 떨어'라고 한 데에서 알 수 있다. '희(羲)'와 '헌(軒)'은 중국의 상고시대에 살았던 '복희씨(伏羲氏)'와 '헌원씨(軒轅氏)'를 가리키는데 둘 모두 태평한 시절을 상징하는 인물이다. 사람들은 살아보지도 않은 이 시기를 동경하며 현재를 비관하지만 그럴 필요가 없다는 말이다.

가난함과 낮은 지위를 좋아하는 사람은 없다. 부자가 되기 위해 높은 자리에 올라가기 위해 무리를 하지 않는다 하더라도 이루지 못했을 때 겪는 어려움이 많다는 점을 알고 있으므로 될 수 있으면 부자가 되려 하고 높은 자리에 올라가려고 한다. 어찌 보면 당연히 지닐 수 없는 마음을 두고 장유는 '가난하든 잘되든 따질 게 뭐 있느냐'는 말을 두 번 반복했다. 그만큼 여기에 얽매이는 사람이 많은 세태를 아쉬워하는 마음을 드러냈다고 볼 수 있겠다.

　이 시를 처음 읽었을 땐 속으로 '인생 뭐 있어? 지금이 좋으면 그만이고, 세상일은 언제든 뒤집히니까 신경 쓰지 말고 멋대로 살면 되는 거야'라고 했는데 두 번 세 번 읽으면서 '그러니까 열심히 살아야지'로 생각이 바뀌었다. 세상일이 언제든 뒤집힌다고 해서 넋을 놓고 아무것도 하지 않을 수 없는 노릇이니까 그렇다. 주어진 결과를 겸허히 받아들이는 것과 결과에 대해 아무 생각이 없는 것은 다르다. 이런 면에서 가난함과 낮은 자리를 따지지 말라는 말은, 부와 명예를 추구하지 않아야 한다는 게 아니라 현재의 처지를 겸허히 받아들이라는 뜻으로 읽어야 하지 않을까 한다. 그래야 다음이 있고 현실을 비관하는 데까지 이르지 않을 것이기 때문이다.

　오늘이 지나고 내일이 가고 일 년 십 년이 지났을 때 지금 써 놓은 글을 본다면 '내가 왜 이런 글을 썼을까. 돌이켜 보니 참 덧없는 인생이었는데 너무 애를 썼구나' 하는 생각을 할지도 모르겠다. 많은 사람은 나이를 먹으면서 인생의 덧없음, 시간의 무정함, 젊은 시절의 철없음을 이야기하며 '그럴 것 없다. 부질없다. 자연스러운 게 좋은 것이다'라고 한다. 나도 아마 그런 이야기를 하는 사람이 되어 있을지도 모르겠다.

지금은 그러고 싶지 않다. 그럴 때가 아니라서 그렇다. '인생 뭐 있어?'라고 물을 수 있고 생각할 수 있지만, 그건 잠시 일으켰다가 접어야 하는 생각이지 오랜 시간 계속해서 그러면 안 된다. 오늘에 충실하라는 건 내일을 생각하지 말라는 뜻이 아니다. 내일도 오늘이 된다. 어찌 보면 인생이 덧없다고 느끼는 그 마음도 오늘을 열심히 살아야 얻을 수 있는 것이 아닐까.

혼자 살지 않는 이상 사람과의 관계 속에서 일어나는 갈등을 다 피해갈 수는 없다. 이리 치이고 저리 치이면서 살아야지 어떡하겠나. 순간순간 기뻐하고 슬퍼하면서 사는 것 외에 할 수 있는 게 뭐가 있겠나. 크고 작은 일을 겪을 때마다 지나치게 감정을 소모해선 안 되겠지만, 감정 소모가 일어나는 일을 아예 피해 갈 수 있는 방법은 없다.

장유의 말처럼 세상일은 뒤집히게 마련이다. 현재의 좋은 상황이 언제든 나빠질 수 있고, 나쁜 상황이 좋아질 수도 있는 것이다. 이렇게 사람은 희망을 지니기도 하고, 절망하기도 하면서 살아가는 존재다.

인생 뭐 있어? 인생 뭐 있다.

왜 이토록 괴로울까

대학에서 강사 생활을 시작한 지 십오 년이 넘었다. 경험이 조금씩 쌓이면서 강의실 바깥의 풍경을 볼 만큼의 여유를 얻게 되었다. 가끔 학생들과 이런저런 이야기를 나눌 기회도 있었다. 요즘 대학생들은 예전보다 학점에 민감하고 취업 때문에 더 어려움을 겪고 있는 것 같다.

한국은 경제 대국이 되었고 모든 면에서 발전했지만, 그 안에서 살아가는 젊은이들은 치열한 경쟁 속에서 살아가고 있다. 잘살게 됐으면 여유가 생겨야 정상인데 이상하게 사는 건 더 팍팍해졌다. 대부분의 학생들은 많은 고민을 안고 바쁘게 살아간다. 어른들은 이런 젊은이들을 보며 옛날 젊은이들과 같은 패기와 열정이 없다고 나무라며 세상을 탓할 시간에 노력하라고 다그친다.

나의 이십 대 시절은 이랬다. 군부독재 세력이 몰락하

238

고 민주 정부가 출범했지만 여전히 굵직한 사회문제가 많았고, 기성세대가 전통을 빙자하여 젊은이들을 내리누르는 권위주의가 기세를 떨치고 있었다. 그때의 어른이나 선배들은 후배를 두고 이렇게 말했다. "요즘 애들은 이기적이야.", "요즘 애들은 패기와 열정이 부족해.", "요즘 애들은 위아래가 없어.", "요즘 애들은 배가 불렀어."

그러고 보니 지금 기성세대인 우리가 젊은 청춘들에게 하는 말과 비슷하다. 하기야 이게 어디 우리 시대만의 일이겠나. 고대 중국의 역사서인 『서경(書經)』에 이런 말이 나온다.

주공(周公)이 말하였다. "군자는 무일(無逸, 편안하지 않음)에 처하여야 한다. 먼저 밭 갈고 농사짓는 노동의 어려움을 알고, 그다음에 편안함을 취해야 비로소 백성들의 고통을 알게 된다. 그러나 오늘날 사람들의 모습을 보니 부모는 힘써 일하고 농사짓는데 자식들은 농사일의 어려움을 알지 못한 채 편안함을 취하고 함부로 지껄여 방탕 무례하다. 그렇지 않으면 부모를 업신여겨서 '옛날 사람들은 아는 것이 없다'고 말한다."
─『서경(書經)』, 「주서(周書)」, '무일(無逸)' 편의 일부

이처럼 기성세대가 청춘의 삶을 지적하거나 세태를 한탄하

는 건 하루 이틀 된 일이 아니다.

다른 건 다 내버려 두고 최소한 내가 이십 대이던 시절과 비교해 보면 지금이 훨씬 취업하기 힘들다. 물론 그때도 쉽진 않았지만 최소한 지금보다는 나았다는 건 인정해야 하지 않을까 한다. 이런 비교가 마음에 들지 않는다면? 지금의 청춘들도 충분히 열심히 살고 있다는 사실만이라도 알아주었으면 한다.

졸옹(拙翁) 최해(崔瀣, 1287~1340)라는 사람이 있다. 고려의 충렬왕(忠烈王)에서 충혜왕(忠惠王)의 시대까지 살았던 문인이자 관료다. 글재주가 있어서 과거 시험을 통해 관료가 되긴 했지만, 타협하지 않는 성정을 지닌 탓에 가지고 있는 재능만큼 인정을 받진 못했고, 높은 벼슬에 오르지도 못했다. 이 사람이 스물한 살 때 쓴 시를 읽어 본다.

스물한 살의 마지막 날 밤

스물한 살의 마지막 날 밤 등불 밝힌 서재에 앉아 있다.
올 연말은 어떤 연말인가 하며 또 제야의 시를 써 본다.
시의 정서는 왜 이토록 괴로울까? 지난날 기억하며 애타는 내 마음.
열 살 때엔 생각이 어렸으니 기쁨과 노여움을 잘 알지

못했다. 열한 살이 되면서부터 글자를 물었고 선생님을 따르기 시작. 열한 살에서 열다섯 살까지는 학문의 세계에서 의지할 곳 없이 헤매다, 열여섯에 과거 시험을 준비하면서 선비 명단에 올라 그들과 어울렸지. 열일곱에 시험을 봐서 예부(禮部)에 합격하여 득의양양.

'이제 믿는 구석이 생겼는데, 즐기지 않고 뭘 걱정하겠어?' 생각했지. 이때부터 나를 단속하는 일이 줄었고 떠돌아다니며 날마다 술을 마셨어. 그저 젊다는 걸 믿었을 뿐 명성과 벼슬이 더딜 줄은 생각지도 못했지. 세상일은 대부분 어그러져 괴롭고 하늘은 사람이 맘대로 할 수 없었다.

겨우 나이 스물인데 갑자기 어머니 돌아가실 줄 몰랐어. 비통함이 창자 속으로 들어갔는데 통곡해 본들 어떻게 추모의 정을 다할 수 있겠나. 게다가 이제는 늙으신 아버지마저 초여름에 조정의 부르심을 받들어, 동남쪽으로 말고삐 잡고 가셔서 아버지와 떨어진 지 일 년이나 됐고, 동생도 먼 데로 가는 바람에 공연히 할미새 노래만 부르고 있다. 혼자 서서 말없이 사방을 돌아보며 말하려 해도 들어 줄 사람 누구인가. 이런 까닭에 내 마음 아파서 공연히 눈물만 줄줄 흘려.

진상(秦相)은 어릴 적에도 관청의 도장이 많았던 걸 보면, 공과 명성은 많은 나이에 있지 않고 그저 그때를 만나는 데 있을 뿐인 듯. 스무 살인데도 뛰어나단 소문이 없다면 어느 누가 장부라고 불러주겠나. 난 지금 이미 그 나이가 지났는데도 낮은 벼슬조차 얻지 못했다. 스물한 살의 마지막 밤에 공허하게 해를 보내며 슬퍼한다.

二十一除夜(이십일제야) 燈火一書帷(등화일서유) 今夕是何夕(금석 시하석) 又作除夜詩(우작제야시) 詩意一何苦(시의일하고) 念昔勞 我思(염석로아사) 十歲心尙孩(십세심상해) 喜慍安得知(희온안득지) 我年方十一(아년방십일) 問字始從師(문자시종사) 自一至於五(자일 지어오) 學海迷津涯(학해미진애) 十六充擧子(십육충거자) 士版得 相隨(사판득상수) 十七戰春官(십칠전춘관) 中策欣揚眉(중책흔양미) 自謂有怙恃(자위유호시) 不樂愁何爲(불락수하위) 是時少檢束(시시 소검속) 放浪日舍厄(방랑일사치) 但倚富年華(단의부년화) 豈慮名 宦遲(기려명환지) 世事苦多乖(세사고다괴) 天也非人私(천야비인사) 何圖纔及冠(하도재급관) 倏忽悶母慈(숙홀민모자) 荼毒入中腸(도독 입중장) 痛哭何可追(통곡하가추) 況今老夫子(황금로부자) 夏孟承 疇咨(하맹승주자) 仍按東南轡(잉안동남비) 違顔一歲彌(위안일세미) 有弟亦遠遊(유제역원유) 空詠鶺鴒辭(공영척령사) 孑立默四顧(혈립 묵사고) 欲言聽者誰(욕언청자수) 所以傷我神(소이상아신) 泣涕謾 漣洏(읍체만련이) 秦相方乳臭(진상방유취) 斗印纍纍垂(두인류류수) 功名不在大(공명부재대) 只在遭其時(지재조기시) 二十寂無聞(이십

242

적무문) 誰稱丈夫兒(수칭장부아) 我今旣云過(아금기운과) 一命未
曾麋(일명미증미) 二十一除夜(이십일제야) 空作徂年悲(공작조년비)
— 「二十一除夜(이십일제야)」, 『동문선(東文選)』 권4

이렇게 긴 시를 고시(古詩)라고 한다. 4구로 이루어진 절구
(絶句), 8구로 이루어진 율시(律詩)는 창작할 때 지켜야 할 격
식이 있고 많은 말을 할 수 없다. 당장 구의 숫자에 제한이
있다. 이에 비해 고시는 구의 숫자에 제한이 없고 하고 싶은
말을 자유롭게 할 수 있어서 시인으로 이름이 난 사람들치
고 고시를 짓지 않은 사람이 드물다.

최해의 이 자기소개서와 같은 시를 보면 현대를 살아가
는 청춘과 무척 닮은 점이 많다는 생각이 든다. 최해는 열일
곱 살 때 과거 시험에 합격해서 성균학관(成均學官)이라는 낮
은 벼슬을 얻었다. 벼슬자리긴 하지만 현재로 보면 이른바
명문대학에 입학한 것 정도로 보면 되겠다. 이전까지 열심
히 입시 준비를 했을 것이다.

이후 최해는 잠시 안일함에 빠져 방탕한 생활을 했다. 출
세를 위한 경쟁에서 우위를 점했다고 생각한 것이다. 아직
나이도 젊으니 지금 잠시 놀다가 정신을 차리면 좋은 자리
로 갈 수 있을 거라고 믿었다. 이런 걸 보면 후세에 이름을
남긴 사람들도 보통 사람과 별반 다른 점이 없는 것 같다.

최해가 믿은 건 자신의 능력과 젊음이었다. 그러니 마음 껏 놀았던 것인데 그 믿음의 바탕에는 부모님이 있었다. 이 십 대는 분명 어른이기는 하다. 그러나 사회적으로 한 사람 의 몫을 완벽하게 해내는 어른이라고 하기는 어렵다. 그런 어른이 되어 가는 과정에서 필요한 사람이 바로 부모다. 반 드시 현실적으로 무언가를 도와주지 않아도 된다. 부모는 존재 자체로 힘이 되어 주는 사람이다.

그런데 어머니가 갑자기 세상을 떠나 버렸고, 아버지도 내 옆을 떠났다. 동생도 먼 곳에 있다. '할미새 노래'는 형제 의 우애를 읊은 옛 시다. 스물한 살 젊은이가 느꼈을 상실감 이 어떠했을지 짐작이 된다. 특히 이처럼 젊은 시절을 의지 할 사람 없이 보낸 사람들은 더욱 공감이 가지 않을까 한다. 슬프기도 했겠지만 자신의 처지를 생각하면 그저 막막하지 않았을까?

시에 등장하는 '진상(秦相)'은 '진나라의 재상'이라는 뜻이 다. 관청의 도장이 많았다는 것은 결재 서류에 찍는 도장이 많았다는 말이니 여러 벼슬을 거쳤다는 뜻이다. 정리하자면 이른 나이에 출세한 진나라의 재상이라는 말이다. 이 사람 은 아마 열두 살에 전국시대 진나라의 상경(上卿) 자리에 오 른 감라(甘羅)를 지칭하는 듯하다. 여러 문인은 신동이나 어 린 시절에 출세하는 일을 감라에 비유했는데, 최해도 그러하지 않았을까. 분명한 건 최해는 진상과 자신을 비교하면서 현재 아무것도 못하고 있는 자신의 처지를 한탄하고 있다는 점이다. 자신의 처지와 진로를 고민하는 오늘의 청춘과 무척 닮아 있다.

잠깐 방황했지만 현실을 자각한 고려의 젊은이 최해에게, 최해와 크게 다르지 않은 삶을 살고 있는 청춘들에게 현재 한국에 살고 있는 기성세대인 나는 무슨 말을 해 줄 수 있을까? '너는 아직 젊으니까 기죽지 마라', '누구나 다 고생하고 산다. 그러니 괴로워하지 마라', '너보다 더 어렵게 사는 사람을 보면서 기운 내라', '나보다 잘난 사람과 비교하지 마라' 이런 정도의 말이 떠오른다.

맞는 말이다. 그러나 입 밖에 내지 않을 것이고, 그러고 싶어도 참으려 한다. 그럼 가만히 있겠다는 말인가? 아니다. 기회가 있을 때마다 대화를 하며 어울리면서 조언도 할 수 있을 것이다. 다만 저런 하나 마나 한 말을 하는 것보다는 들어주는 게 낫다고 볼 뿐이다. 저런 건 굳이 말하지 않아도 누구나 알고 있다.

옛날 생각을 해 보자. 내 기억에 남는 어른과 스승은 사사건건 당연한 소리를 하면서 윽박을 질렀던 사람이 아니라 나를 믿어 준 사람들이었다. 하고 싶은 말을 들어 줬던 어른을 더 존경했다. 우리도 그런 어른이 되어야 하지 않을까?

친구들을 데리고
벼를 벤다

도시를 떠나 귀농하는 사람들이 많아지긴 했지만 여전히 농
촌에는 사람이 없다. 젊은이들은 거의 없고 연로하신 분들
이 터전을 지키며 살아가고 있다. 인구도 줄어서 농촌에 있
는 초등학교는 한 곳 두 곳 문을 닫고 있다. 자연스레 한국
은 농업에 종사하는 인구가 줄어들었고, 식량 자급률도 떨
어져서 경제협력개발기구(OECD) 국가 중 최하위를 기록하
고 있다고 한다.

　'농자(農者), 천하지대본(天下之大本)', '농사는 세상의 큰 근
본이다'는 이야기를 하려는 게 아니다. 사람이 살아가려면
먹어야 하니 저 말이 틀렸다고 할 수는 없다. 그러나 현재
농업은 한국을 이끌어 가는 중심 산업이 아니므로 저 말을
하면서 한숨을 쉬고 농업이 홀대 받는 세태를 한탄할 수만
도 없다.

나는 농사일을 해 본 적이 없어서 이 일에 대해 뭐라고 말하기가 어렵다. 그저 기억에 남아 있는 옛날의 활기차던 농촌 풍경을 떠올려 볼 뿐이다. 물론 그 풍경 속으로 들어가면 이를 '활기'라는 말로 덮어 버릴 수 없는 현실이 있다는 사실을 너무나 잘 알고 있다. 그 활기 속에는 경험한 사람만이 알 수 있는 고초와 애환이 있을 것이다. 내가 무슨 말을 하든 '배부른 소리'가 될 확률이 높다.

그럼에도 불구하고 배부른 소리를 하려는 까닭은 내 경험의 유무를 떠나 그 시절을 살았고, 그 시절의 사람들과 함께 지냈던 추억이 있기 때문이다. 이를 떠올리는 건 내 삶의 일부를 기억해 내는 것과 같다. 아주 많은 '우리'는 농사를 짓지 않았어도 농부들과 섞여서 살았다.

1980년대까지는 논밭이 나와 가까운 곳에 있었다. 봄이 되면 대통령이나 정치인들이 모내기에 참여하고, 가을이 오면 벼 베기를 하는 모습이 뉴스에 나올 만큼 농업은 중요한 산업이었고 그만큼 농부들이 많았다. 많은 사람이 도시로 몰려들었지만 인구가 늘어나는 시기였기 때문에 농촌이 지금처럼 썰렁하지는 않았다.

이제는 희미한 기억으로 남아 버렸지만 그 시절의 활기가 그리워질 때가 있다. 배부른 소리라는 핀잔을 듣게 되더라도 그리워하고 싶다.

조선의 영조(英祖), 정조(正祖), 순조(純祖) 시기를 살았던 무명자 윤기의 시를 읽어 보려 한다. 문집의 편차 순서와 시의 내용을 볼 때 윤기의 나이 마흔아홉 살이던 해의 가을에 썼던 것으로 추정된다. 1789년, 정조 13년되던 해다.* 「희영전가추사(戲詠田家秋事)」, '장난삼아 농가의 가을일을 쓰다'라는 제목으로 모두 여덟 수를 썼는데 여기에서는 그중 두 수를 소개할까 한다.

농부

농부가 풍년을 기뻐하며
친구들을 데리고 벼를 벤다
내키는 대로 비속한 농담을 하며
마음대로 노래를 주거니 받거니
낫을 갈아 무뎌지지 않도록 하고
때때로 담배를 피우며 쉰다
손가락으로 논을 가리키며
수확이 작년에 비해 어떨지 서로 이야기한다

---

* 한국고전번역원 사이트에 수록된 강민정의 주석을 참고하였음.

248

田夫喜有秋(전부희유추) 刈稻引朋儔(예도인붕주)
鄙俚恣諧謔(비리자해학) 謳謠任唱酬(구요임창수)
磨鎌無使鈍(마겸무사둔) 吸草有時休(흡초유시휴)
指點仍相語(지점잉상어) 得如去歲不(득여거세부)
—「田夫(전부)」, 『無名子集(무명자집)』, 「詩稿(시고)」 2책

현재의 풍경과 놀랍도록 흡사하다. 지금이야 기계로 벼를
베지만 내가 어릴 적만 해도 사람들이 모여서 낫으로 작업
했다. 한동네 사람들이 팀을 이루어서 오늘은 이 집 논의 벼
를 베고, 내일은 저 집 논의 벼를 베었다. 일하면서 시시껄
렁한 농담을 주고받기도 하며 함께 노래를 부르기도 한다.
누군가 "담배 한 대 피우고 하자."고 하면 다 같이 손을 놓고
담배를 피우거나 막걸리를 마시면서 쉰다. 올해의 작황이나
쌀값에 대해 이야기를 나눈다.

조선의 농부들은 쌀로 세금을 냈다. 풍년이 들면 드는 대
로 흉년이 들면 그런대로 늘 형편이 좋지 않았다. 농부들은
열심히 일하고도 세금을 내고 나면 먹을 게 없어서 어려움
을 겪었다. 이런 불합리한 상황에 문제의식을 지닌 선비들
은 농부들의 어려움을 토로하는 시나 글을 써서 나라에 호
소했다. 농촌의 풍경을 보이는 대로 그려낸 글도 적지 않지
만, 농촌의 비참한 현실을 글로 옮긴 경우가 많았다.

시골 아이들

애들이 뭘 알겠는가마는
추수한 뒤라 풍년을 기뻐한다
새참을 따라 앞다투어 달려가고
친구를 부르며 함께 즐거이 논다
물이 마른 어량에서 고기를 잡거나
쑥대로 된 화살을 쥐고 참새를 쫓아간다
늘 이웃집 할아버지 주무시기 기다렸다가
붉은 감을 서리해 온다

兒童亦何識(아동역하식) 秋後喜年豐(추후희년풍)
隨饁奔跳競(수엽분도경) 呼朋嬉戲同(호붕희희동)
取魚梁竭水(취어량갈수) 驅雀矢拈蓬(구작시념봉)
每候隣翁睡(매후린옹수) 偸來虯卵紅(투래규란홍)
— 「村兒(촌아)」, 『無名子集(무명자집)』, 「詩稿(시고)」 2책

예나 지금이나 아이들은 언제나 즐겁다. 역시 현대의 모습
과 매우 닮아 있다. 남자들이 일하고 있으면 여자들은 새참
을 마련해서 논밭으로 간다. 아이들은 각각 엄마를 졸졸 따
라가다가 하나둘 한자리에 모인다. 촌에서 할 수 있는 게 뭐

가 있겠나. 물길을 막아 물고기를 가둬 놓은 어량(魚梁)에 가서 고기를 잡거나 장난감 활로 새를 쏜다. 시골에 살지 않았더라도 이런 경험 한두 번은 있을 것이다.

'서리'는 아이들의 놀이에서 빠질 수 없다. 요즘의 시각으로 보면 절도죄에 해당하지만 내 어릴 적 1980년대까지만 해도 시골 친척집에 가면 동네 아이들과 수박이며 참외며 심지어 무 같은 채소까지 서리를 하는 아이들이 많았다. 초등학교 시절, 여름 방학이 끝나고 학교에 가면 아이들은 "어디에서 서리에 성공했다."며 자랑스레 떠들어댔다. 이 무용담을 부러워하면서 들었던 기억이 난다.

1980년부터 2002년까지 모두 1,088회를 방영했던 〈전원일기〉라는 드라마가 있다. 젊은 세대를 제외하고 이 드라마를 보지 않은 사람은 거의 없을 것이다. 횟수가 더해 갈수록 시청률이 떨어졌지만 1980년대에는 엄청난 인기를 끌었던 농촌 드라마였다. 어린 시절 농촌에 살지도 않으면서 이 드라마를 참 재미있게 봤다.

도시에 사는 사람들은 고향이 그리워서 봤고, 농촌에 사는 사람들은 자신의 이야기가 담겨 있으니까 봤을 것이다. 이도 저도 아닌 나는 그저 재미있으니까 봤다. 내가 사는 곳 이야기도 아닌데 왜 재미있게 봤을까? 아마도 그때까지는 모든 사람이 농부의 생각을 하면서 살았고, 그런 분위기가 어린 나에게 영향을 줬기 때문이 아닌가 한다. 지금과 맞지 않는 가부장적인 사고방식을 바탕에 두었다는 한계에도 불구하고 이웃 간의 정, 크고 작은 갈등을 해결해 가는 과정, 주변에 있을 법한 친밀한 캐릭터에 공감했다.

그 시절을 살았던 나야 그렇다 치고, 현재를 사는 젊은이들이 한때나마 〈전원일기〉를 찾아서 보았던 일은 어떻게 설명해야 하나? 젊은이들이 〈전원일기〉를 본다는 말을 들었을 때 꽤 놀랐다. 지금과 전혀 맞지 않고 경험해 보지도 않아서 공감할 수 있는 면이 많지 않았을 텐데 왜 다시 주목받았을까?

옛날 사람들의 포근한 정서를 느꼈기 때문일까? 옛날 사람들과 나는 아예 다른 줄 알았는데 알고 보니 나도 그들과 비슷한 점이 많고, 같은 고민을 하고 살았다는 사실에 안도감을 느껴서 그런 걸까? 세상은 급속도로 변해 가지만 사람의 마음은 그러지 않기를 바랐을 수도 있다. 사람과의 관계 속에서 지금은 없는 정과 활기를 느꼈을 수도 있다.

옛날이 그립다 하더라도 그 시절로 돌아갈 수는 없다. 그럼에도 불구하고 옛날을 그리워하고 옛날의 일을 떠올리는 것은 그 안에서 편안함을 얻고, 내일을 살아가는 방법을 찾을 수 있기 때문이 아닐까. 이런 면에서 윤기의 시와 〈전원일기〉는 닮았다. 〈전원일기〉와 나도, 우리도 무척 닮았다.

옛사람의 정과 활기를 향한 그리움이 극에 달할 무렵, 어느 덧 나도 옛사람들처럼 살고 있지 않을까 하는 꿈도 꿔 본다.

내 마음을 기쁘게 할 일을
찾아 보거라

쉰 살이 넘었지만 아직 자식이나 주변인에게 유언할 시기가 왔다는 생각이 들지는 않는다. 유언을 할 나이가 될 때까지 어떻게 살아야 할지 고민하며 산다. 언젠가는 부모님이 나에게 마지막 말씀을 하실 날이 다가오고 있다는 생각도 마음 어딘가에 자리하고 있다.

누군가는 이미 들었을 수도 있고, 듣지도 못하고 부모님과 이별하기도 했을 것이다. 나의 경우는 부모님이 평소에 돌아가셨을 때 장례를 치르는 일부터 집안 살림 문제에 이르기까지 이런저런 말씀을 하신다.

"이제 머지않았다. 앞으로 네가 해야 할 일이다."

이런 말을 들으면 나는 늘 짜증을 냈다. 언젠가는 겪어야 할 일이라는 걸 머리로는 알지만 가슴으로 받아들여지지 않아서 그렇다.

"아니, 뭐 벌써 그런 이야기를 하고 그래요? 두 분 안 계시면 안 계신 대로 알아서 하겠지. 어차피 안 계시면 보지도 못할 거. 쯧."

부모님은 나이 먹은 아들한테 어린아이 달래듯 살살 말씀을 하신다.

"그래. 네가 다 알아서 잘하겠지. 너를 믿기는 한다마는 그래도 갑자기 닥쳐서 뭘 하려면 못해. 지금부터 천천히 알아 둘 거 알아 둬야지."

"참 나, 듣기 싫으니까 나중에 때 되면 말씀하세요."

"네가 우리 생각하는 마음이 있으니까 마음이 아파서 듣기 싫어하는 거 알아. 그래도 들으면서 알아 두면 좋잖아? 유언이 따로 있나? 평소에 이렇게 말하는 게 다 유언이야."

이런 걸 보면 이미 나도 부모님 유언을 들은 셈인가? 부모님이 안 계실 때를 대비해서 하는 말씀을 들을 때마다 앞에선 짜증을 부리고, 돌아서서 혼자 있을 땐 속으로 씩씩거리다 잠시 후엔 걱정을 하고, 또 잠시 후엔 겁도 내다가 결국 한숨을 쉰다. 가끔 찔끔찔끔 눈물을 흘릴 때도 있다.

내 말이 맞지 않나? 알고 겪든 모르고 겪든 내가 알아서 할 거고, 두 분은 보지도 못할 것인데 뭘 그렇게 이야기를 못 해줘서 안달인가. 자식 걱정, 손주 걱정하는 맘이야 왜 모르겠나. 나도 살면서 자식을 키워보니까 그 걱정하는 마

음이 무언지 조금이나마 짐작은 한다. 그래도 왜 굳이 두 분
이 어쩌지 못하는 일까지 걱정을 하시는 건가.

　　병중에 써서 손자에게 보이다

이별하고 떠날 날 오래 남지 않았으니
어느 때에 다시 볼 수 있겠느냐
반딧불이 모인 창가에서 네 일에 힘쓰고
말갈기 모양으로 내 무덤을 올려라
저승과 이승은 막혔다고 하지만
그래도 마음은 통하는 법이지
내 마음을 기쁘게 할 일을 찾아 보거라
독서를 하고 사색도 하면서

別去將無日(별거장무일) 何時與更逢(하시여갱봉)

螢牕勤爾業(형창근이업) 馬鬣上吾封(마렵상오봉)

縱曰幽明隔(종왈유명 격) 然猶感應通(연유감응통)

須求嘉悅意(수구가열의) 俯讀仰思中(부독앙사중)
　　─「病中書示孫兒(병중서시손아)」,『剛齋集(강재집)』권1

유명한 학자이자 정치가인 우암 송시열의 6세손이자 평생

학문에 열중하며 근신하며 살았던 강재 송치규의 시다. 송 치규는 여든 살에 세상을 떠났는데 쉰아홉 살이 되던 해에 첫 손주인 송기수(宋騏洙)를 봤고, 일흔다섯 살이 되던 해에 둘째 손주인 송노수(宋魯洙)를 봤다. 내용으로 보아 장성한 송기수에게 쓴 시인 듯하다.

시를 쓴 사람치고 이런 내용을 쓰지 않은 사람은 드물다. 대부분 세상에 남는 후손들에게 열심히 공부하며 잘 지내 라는 말을 남긴다. 이 시도 여느 문인들의 시와 크게 다르지 않다. 이별의 아쉬움, 장례에 대한 이야기, 손자에게 당부하 는 말을 써 놓았다.

'반딧불이 모인 창가'는 중국 진(晉)나라의 차윤(車胤)이 집안이 가난해서 밤에 등불을 켜기 어려워 여름엔 반딧불 을 잡아서 등불을 삼고, 겨울에는 눈빛에 책을 비추어 보았 다는 '형설지공(螢雪之功, 반딧불과 눈으로 이룬 성공. 어려운 환 경에서도 열심히 노력해서 성공하다)'의 고사에서 따온 말이다. 송치규는 이 고사를 예로 들면서 손자에게 부지런히 공부하 라고 당부했다.

'말갈기 모양의 무덤'은 '마렵봉(馬鬣封)'이라고 부르는데 무덤의 봉분이 아래는 평평하고 윗부분은 도끼의 날처럼 뾰 족하다. 이 모양이 말갈기와 비슷하다고 해서 붙은 이름이 다. 나중에는 일반적인 무덤이라는 말로 통하게 됐다. 다시

말해 무덤을 특별히 꾸미지 말고 평범한 모양으로 만들어
달라는 것이다.

　송치규는 사람이 죽으면 끝이라고 생각하지 않았다. 죽
더라도 혼이 오르락내리락하면서 후손을 돕는다고 생각했
다. 저승과 이승은 다른 공간이라서 자유롭게 왔다 갔다 할
수는 없지만, 혼은 이승으로 올 수 있다고 여겼다. '유명(幽
明)을 달리하지'만 마음은 통한다는 것이다. 송치규뿐만 아
니라 옛 선비들 대부분이 이런 관념을 지니고 있었다.

　마지막 두 구는 다른 방면으로 해석될 여지가 있다. '가
열(嘉悅)'은 '좋은 일'이기도 하고, '윗사람이 아랫사람을 가상
히 여기고 칭찬한다'는 뜻도 지니고 있다. '좋은 일'이라고 보
면 '손자 기수야, 네가 좋아하는 일을 찾아야 한다. 책을 읽
고 사색도 하면서'라고 손자를 중심으로 해석할 수도 있다.

　'기수야, 이 할아버지의 마음을 기쁘게 할 만한 일을 찾
아 보거라'는 뜻으로 볼 수도 있다. 송치규 자신을 중심에 둔
것이다. 좀 더 풀어 보면 '기수야, 너는 조상에 부끄럽지 않
은 사람이 되어야 한다'로 읽을 수 있다. 나는 시의 흐름상
송치규가 손자에게 바라는 일을 썼다고 보았다. 네가 좋아
하는 일을 하라는 것이 아니라 할아버지인 내가 좋아할 만
한 일을 하라는 말이다. 할아버지는 세상을 떠나지만 늘 너
와 함께 있을 거라고 말하고 있는 것이다.

할아버지의 마음이 단지 '내가 없어도 애들이 잘살아야
할 텐데'에서 그치고 있지 않다는 걸 알 수 있다.

'나는 없겠지만, 있을 것이니 네가 해야 할 일을 열심히
해라. 그게 이 할아버지를 기쁘게 하는 일이다.'

유교적 교훈이 담긴 시지만 이별의 아쉬움과 손자를 감
싸는 할아버지의 따뜻함이 느껴지는 듯하다. 그래서일까.
송치규의 문집은 손자에 의해 간행되었다. 송기수의 아버지
인 송흠성(宋欽成)이 문집 간행을 준비하다 갑자기 세상을 떠
나는 바람에 송기수가 마무리했지만, 이 시를 읽고 보니 우
연이 아닌 것 같다는 생각이 들기도 한다.

부모님이 말씀하신 '평소에 하는 유언'을 떠올려 본다. 앞
으로도 여전히 듣고 싶지 않을 것이다. 왜 그런 말을 하느냐
고 투덜댈 것이 틀림없다. 내 부모님에게는 아직 송치규처
럼 유언할 때가 오지 않았다고 믿으며 살고 싶다. 다만 이것
만은 알고 있다. 내 부모님은 언젠가 나와 다른 곳에 있게
되더라도 가족의 일원이고 싶어 하며, 나 역시 부모님이 세
상에 계시지 않는 날이 오더라도 두 분을 영원히 잊지 않으
며 살아갈 것임을.

병의 괴로움이 없다면

사람은 한평생 살아가면서 크고 작은 병을 앓는다. 누구도 병을 피해갈 수 없다. 나이가 들어가면서 병을 이겨 내는 힘이 약해지는 건 자연스러운 일이고, 동시에 병을 대하는 마음가짐과 바라보는 시각도 조금씩 달라진다. 젊은 시절에는 회복이 빠르기 때문에 병 자체보다 병이 나은 이후에 할 일을 생각하고, 나이가 들어가면서부터는 이후보다 현재에 집중하게 된다. 젊은 시절에 비해 당장 내 몸이 더 아파서 그렇다.

병에 걸리면 힘이 들어 아무 생각이 나지 않는다. 내일 무언가를 해야겠다는 생각을 하지 않는 것은 아니지만 예전보다 아무래도 적극성이 떨어진다. 만사가 귀찮고 어서 빨리 이 병이 낫기만을 바랄 뿐이다. 병에 집중하고 있으므로 내일을 생각할 겨를이 없다. 나는 이런데 다른 사람들은 어떨지 모르겠다.

예전에 어른들은 "애들은 아프고 나면 큰다."고 했다. 실제로 자식들이 크는 걸 보니 어른들 말이 맞았다. 병을 앓고 나면 더 크고 좀 더 활기차게 움직였다. 한편으로 생각해 보면 병이 아이를 크게 만드는 것이 아니라 크는 과정에서 병이 끼어들지 않았나 싶기도 하다. 어찌 되었건 아이들, 좀 더 범위를 넓혀서 젊은 시절에는 병이 나으면 얻는 게 있다. 그럼 나이 들어서 병이 나으면 무엇을 얻을 수 있을까.

병이 낫다

병의 괴로움이 없다면
평소의 즐거움 알 수 있을까
닭 소리와 새벽빛까지
보고 듣기 좋은데

不有疾痛苦(불유질통고) 誰識平居樂(수식평거락)
鷄聲與晨光(계성여신광) 莫非娛耳目(막비오이목)
―「疾止(질지)」,『孤山遺稿(고산유고)』권1

고산 윤선도의 시다. 나이가 들면 병이 낫는다고 하더라도 몸이 더 좋아지지 않는다. 나이가 들어 갈수록 신체 기능이 떨어지기 때문이다. 병이 나았다고 하더라도 얻는 게 없다. 이렇게 생각하면 기운이 빠지고 서글퍼진다. 그러나 한편으로 젊은 시절에는 간과했던 평범한 것들을 재발견할 눈을 얻었다고 볼 수도 있다. 이것도 나이가 들면 자연스레 생각할 수 있는 거 아니냐고 반문한다면 딱히 할 말은 없지만.

닭 소리와 새벽빛은 예전엔 크게 마음을 두지 않았던 것이다. 그런가 보다 하긴 했어도 이 자체에 무언가 의미를 부여한 적은 없다. 그러나 나이를 먹고 병에 걸렸다 나아 보니 평소엔 생각조차 하지 않았던 것이 사실은 나에게 가장 큰 즐거움을 주는 것이었다는 걸 알게 된다. 병이 나아서 즐겁고, 즐거움은 멀리 있지 않다는 걸 확실히 체감하니 더욱 즐겁다.

『중용(中庸)』에 '도불원인(道不遠人, 도는 사람에게서 멀리 떨어져 있지 않다)'이라는 말이 나온다. 여기에서 '도(道)'는 사람이 반드시 가야 하는 길, 사람답게 살아가는 방법을 뜻한다. 일상에서 자신이 할 수 있는 일을 하면 되는데 사람들은 이게 대단한 무언가인 줄 알고는 애써서 찾으려 하거나 애초에 포기하고 찾으려 하지도 않는다. '도불원인'은 사람답게 사는 건 대단히 어려운 게 아니라는 말이다. 좀 더 범위를 넓혀 진리 또는 사람이 추구하는 가치, 예를 들어 행복과 같은 것도 어디 멀리 있는 게 아니라, 가까운 곳에 있다는 뜻으로도 이해할 수 있다. 윤선도가 말하고자 하는 내용도 여기에서 벗어나지 않는다.

널리 알려진 벨기에의 모리스 마테를링크가 쓴 동화 『파랑새』에서 전하고자 하는 메시지도 이와 비슷하다. 행복을 가져다준다는 파랑새를 온 세상을 돌아다니고도 찾지 못했는데 정작 파랑새는 집안 새장에 있었다. 작가는 이를 통해 행복은 나에게서 멀리 떨어진 곳에 있지 않다는 점을 강조했다.

이 외에도 많은 사람이 행복은 평범한 곳에 있다고 말한다. 언제부터인지는 모르겠지만 사람들은 어렸을 때부터 이런 말을 들으며 살아왔고 대체로 수긍하는 편인 것 같다. 반면 나이가 들면서 저런 말을 이상적인 것이라 치부해 버리기도 한다. 분명한 것은 '행복은 평범한 곳에 있다'는 말을 다들 알고 있다는 사실이다.

경험이 모든 것을 해결할 수는 없지만 이런 것은 경험을 해 봐야 알 수 있을 것이다. '부뚜막의 소금도 집어넣어야 짠' 법이니 그렇다. 소금이 짜다는 건 누구나 안다. 소금을 먹은 뒤에 짠맛을 아는 것과 먹어 보지 않고 '짜겠지?'라고 생각하는 것은 다르다. 어찌 보면 나이가 들었다는 건 세상에 존재하는 다양한 종류의 소금을 먹어 봤다는 말과 같다고 할 수도 있겠다.

'너희들이 뭘 알아? 겪어 보지도 않았으면서?'라는 말을 하려는 것이 아니다. 실제로 병을 앓은 뒤에 보니 평범한 것들이 새롭게 느껴졌고, 평소엔 마음을 두지 않았던 것에 눈이 가고, 아무것도 아닌 것에 즐거움이 느껴지더라는 말이다. 윤선도라고 처음부터 닭 소리와 새벽빛에 즐거움을 느꼈을까. 겪어 보고야 안 것이다.

멀리 갈 필요도 없다. 코로나19가 유행했을 때 연령대를 불문하고 사람들이 가장 바랐던 것이 무엇이었나? 별거 아니었다. 평소처럼 대중교통을 이용하고, 아무 때나 아무 곳으로 놀러 가고, 편하게 사람을 만나는 것이었다. 하나도 대단한 게 없었다. 일상으로 돌아가는 게 가장 큰 바람이었다. 조금씩 일상이 회복되는 모습을 보면서 즐겁지 않았던가. 이렇게 보면 나이가 들지 않은 사람이라도 즐거움은 멀리 있지 않다는 걸 알게 되었으리라 믿는다.

사람은 누구나 예전의 일을 잘 잊어버린다. 병이 완전히 낫고 일상을 지속하면 또 이 즐거움을 잊어버릴지도 모른다. 자연스러운 일이라서 이걸 두고 크게 뭐라고 할 거까진 없다. 가끔씩 괴로울 때 한 번씩 이 기억을 꺼내서 차분히 생각을 정리해 볼 필요도 있다.

'그래, 그때는 문밖에 나가는 것만으로도 좋았잖아.'

괴로워 죽을 지경인데 이런 생각까지 하기는 쉽지 않다. 솔직히 나도 장담 못하겠다. 누군가는 나이 오십 줄이 넘으면 여유도 있어야 하고, 세상 보는 눈도 넓어져야 하고, 남들이 보지 못하는 것도 봐야 한다고들 하는데, 나는 이 나이가 되었는데도 아직 철이 없어서 그런가 잘되지 않는다.

'너는 못하면서 왜 남들더러 하라고 하냐?'고 핀잔을 줄 사람도 있겠다. 하라는 게 아니라 '그랬으면 좋겠다'고 '이런 마음으로 사는 것이 좀 더 낫지 않겠느냐'고 말하는 것일 뿐이다. 윤선도의 시에 등장하는 병을 '코로나'로 바꿔 놓고 읽어 보면 고개를 끄덕이게 되리라 짐작한다.

이렇게 보면 병은 언제까지나 나를 괴롭히겠지만, 이처럼 가끔 즐거움을 주기도 하는, 어찌 보면 죽어서야 헤어질 수 있는 동반자가 아닌가 싶기도 하다. 물론 이걸 완전히 받아들이기는 어렵다. 나는 아직 더 배워야 하고 겪어야 할 나이이기 때문이다.

질투를 받을 바에야
비웃음을 사는 게 좋지

『명심보감(明心寶鑑)』, 「계선편(繼善篇)」에 이런 말이 나온다.

장자(莊子)가 말했다. "나를 선하게 대하는 사람에게 나
역시 선하게 대하고, 나를 악하게 대하는 사람에게도 나
는 선하게 대한다. 내가 이미 남에게 악함이 없으면 남도
나에게 악함이 없을 것이다."

莊子曰(장자왈) 於我善者(어아선자) 我亦善之(아역선지) 於我惡者
(어아악자) 我亦善之(아역선지) 我旣於人(아기어인) 無惡(무악) 人
能於我(인능어아) 無惡哉(무악재)

『장자(莊子)』에는 저 말이 나오지 않는다. 누군가가 말을 만
들어 놓고 장자가 한 것이라고 하면서 자신의 말에 권위를

부여하려고 했을 텐데 좋은 말이니 사람들이 무리 없이 받아들인 듯하다. 사람과 관계를 맺으면서 내가 잘 대해 주면 상대도 결국 나를 잘 대해 줄 거라는 말이다.

이게 말이 쉽지 실천하기는 어렵다. 상대가 나를 나쁘게 대하는데 나는 그걸 다 받아들이면서 좋게 대해 주는 일을 쉽게 할 수 있겠나? 어찌어찌 저대로 실천했다고 치자. 저 말대로라면 상대가 나를 좋게 대해 줘야 하는데 오히려 이전보다 더 나를 만만하게 본다.

이래서 요즘 사람들은 선(善)의 가치를 인정하면서도 무조건 선하게 살아서는 안 된다고 말한다. 남도 나처럼 선하지 않은 경우가 많아서 그렇다. 어른들은 '내가 조금 손해를 보면서 사는 게 낫다'거나 '조금 부족하게 사는 게 좋다'고 했지만, 나은 걸 체감하지 못하기 때문에 그렇다. 선하면 나만 손해를 보는 거 같고, 악한 사람 또는 악해 보이는 사람들은 손해를 보기는커녕 떵떵거리면서 잘산다. 그렇다고 해서 악하게 살 수는 없고 이걸 어째야 하나.

가끔 인터넷에 고민을 토로하는 분들의 글을 보면 저런 경우가 정말 많다. 남에게 호의를 베풀었다가 손해를 본 일, 상대의 요구를 들어주니 상대가 만족할 줄 모르고 더 무리한 요구를 하는 일, 선의로 양보를 하니 그걸 당연한 것으로 여기는 사람, 말할 줄 몰라서 안 하는 게 아니라 싸우기 싫어서 져 주는 건데 그런 줄도 모르고 나를 무시하는 사람, 별의별 이야기가 나온다. 댓글 창도 찬반양론으로 나뉘어 뜨겁게 달아오른다.

선함과 악함에서 출발한 문제는 어느덧 '어떻게 살아야 하는가'라는 질문으로 귀결된다.

우연히 시골에서 벽에 이렇게 써 놓은 시를 보았다. "말이 많으면 남들이 싫어하고 적으면 바보라고 하며, 악은 사람들이 싫어하긴 하는데 착해도 나무란다. 부유하면 질투하고 그렇다고 가난해도 비웃으니 어떻게 천기(天機)에 맞춰야 할지 모르겠다." 누가 썼는지 모르겠지만 아마 처세의 어려움을 탄식한 것 같다. 내가 이 사람의 마음을 가엾게 여겨, 이 시에 나온 말을 써서 답을 하여 그의 의혹을 풀어 주고, 또 스스로 경계한다.

偶見村壁上有詩曰(우견촌벽상유시왈) 多言衆忌少言癡(사언중기소언치) 惡是人嫌善是譏(오시인혐선시기) 富則妬他貧亦笑(부즉투타빈역소) 未知那許合天機(미지나허합천기) 不知誰所作(부지수소작) 而盖歎處世之難也(이개탄처세지난야) 余閔其意(여민기의) 用其語而答之(용기어이답지) 以解其惑(이해기혹) 又以自警(우이자경)
— 『無名子集(무명자집)』, 「詩稿(시고)」 3책

그나마 요즘은 인터넷에 토로라도 하지 옛날엔 그런 것도 없으니 위에 나온 것처럼 '벽'에 낙서를 하고 말았다. 사실 따지고 보면 인터넷이 나오기 전까진 요즘 사람들도 저렇게 벽에 낙서를 했다. 요즘엔 화장실에 낙서가 거의 없는데 얼마 전까지만 해도 많았다. 저속한 내용부터 위의 글처럼 나름 진지한 물음에 이르기까지 참 다양한 낙서로 가득했다.

위의 글은 조선의 문인 무명자 윤기가 쓴 시의 제목이다. 한시에는 저렇게 긴 제목을 지닌 작품이 꽤 많다. 요즘처럼 핵심어를 제목으로 쓰기도 했지만 이 시처럼 쓰게 되기까지의 사연을 구구절절 설명해 놓은 시도 많다. 이 시의 제목은 누군가가 벽에 시를 써 놓았고, 윤기는 그 시를 보고 답을 해 주는 내용으로 이루어져 있다. 요즘으로 말하면 익명 게시판에 써 둔 글을 보고 윤기가 댓글을 단 셈이다.

제목의 내용은 어렵지 않다. 말 그대로 읽으면 된다. 다만 '천기(天機)'라는 말은 한번 짚어야 할 필요가 있다. 흔히 말하는 '천기누설(天機漏洩)'이라고 할 때의 그 천기다. 이럴 때는 '하늘의 비밀', '하늘만 아는 비밀'이 된다. 이 외에 '천부적인 정신'이라는 뜻이 있다. 후천적으로 형성된 성정이 아니라 원래부터 지니고 있는 성정이라는 뜻이다.

이 글에 나오는 천기는 후자의 뜻에 가깝다. 이렇게 놓고 풀이해 보면 '어떻게 해야 내 성정에 맞춰서 자연스럽게 살

아갈 수 있지?'로 읽을 수 있겠다. 익명의 지은이는 '이렇게
살아도 안 되고 저렇게 살아도 안 되니 도대체 어떻게 살아
야 제대로 살 수 있지?'라고 물은 것이다. 옛날 사람들은 안
그럴 줄 알았는데 지금과 똑같다. 이에 윤기는 어떤 댓글을
달았을까?

시기 받는 것보다 바보처럼 사는 게 낫고
혐오를 얻는 거 보다야 꾸지람을 듣는 게 낫다
질투를 받을 바에야 비웃음을 사는 게 좋은데
그런 뒤에야 함정에 빠지는 일을 피할 수 있다

衆忌不如拙守癡(중기불여졸수치) 惡嫌爭及善逢譏(오혐쟁급선봉기)
與其見妬無寧笑(여기견투무녕소) 然後方知免穽機(연후방지면정기)
— 『無名子集(무명자집)』, 「詩稿(시고)」 3책

익명의 지은이가 쓴 시에 나오는 단어를 써서 그대로 대답
해 준다고 했으니 우선 그게 뭔지 살펴보자. '중기(衆忌, 사람
들이 꺼리다)', '치(癡, 바보)', '오혐(惡嫌, 혐오)', '기(譏, 꾸지람)',
'투(妬, 질투)', '소(笑, 비웃음)'다. 윤기는 이 말을 그대로 가져
다 쓰면서 하고 싶은 말을 했다.
　지은이는 남들이 나를 싫어하는 이유는 말이 많아서이

고, 말이 적으면 바보 취급을 당한다고 했다. 이에 대해 윤기는 남이 나를 싫어해서 나를 시기하는 것보다 바보 취급을 당하는 게 낫다고 했다. 말을 적게 하는 것이 좋다는 것이다. 악해서 혐오의 대상이 되는 것보다 착해서 꾸지람을 듣는 게 낫다고 했으니 착한 것이 좋다는 것이다. 부유해서 질투를 받는 것보다 가난해서 비웃음을 사는 게 낫다고 했으니 가난한 것이 좋다는 것이다. 그렇다고 가난하게 살아야 한다는 건 아니고 굳이 부유해지려고 애를 끓이지 말라는 뜻이다.

윤기의 말을 풀어 보면 이렇다. 말을 적게 하면 남들에게 바보 취급을 당할지언정 실수를 줄일 수 있다. 악하면 꾸지람을 듣는 데에서 그치지 않고 남에게 혐오의 대상이 된다. 착해서 '넌 왜 이렇게 착해빠졌냐'는 꾸지람이나 '쟤는 너무 물렁물렁해'라는 조롱을 듣고 마는 게 낫다. 부유하면 남들이 질투한다. 미워하는 것이다. 가난한 사람은 최소한 남들이 미워하진 않는다. 그러니 남들보다 조금 가난한 것이 반드시 나쁘지만은 않다.

어른들에게 들었던 말과 비슷한 내용으로 결론이 나는 것 같다. 요즘엔 '너무 착한 건 좋지 않다', '가만히 있으면 무시당한다', '할 말은 해야 한다', '그래도 부유해지려고 노력해야 한다', '누군가가 비웃으면 당당하게 맞서라'고 한다. 이런 태도도 살아가는 방식으로 존중받아야 한다. 특히 부당한 대우나 대접을 받으면 주저 없이 덤빌 수 있는 용기를 지녀야 한다.

그렇지 않은 경우라면 어른들 말대로 내가 좀 손해를 보면서 사는 게 낫지 않을까 하는 생각이 든다. 여기에서 중요한 건 '좀'이다. 터무니없는 손해를 볼 수는 없다. 사람마다 좀의 기준이 다를 텐데, 내가 용인할 수 있을 만큼의 손해 정도로 해 두자. 무슨 일이든 이렇게 좀 손해를 보고 끝내면 당장이야 기분이 조금 상하겠지만 뒤탈은 없다.

어떻게 살아야 하는가? 누군가가 이렇게 묻는다면 윤기처럼 의혹을 풀어 주겠다고 자신 있게 단정해서 답을 하지는 못하겠다. 사는 데에 정답이 어디 있겠나. 살다 보면 살아진다는 말도 있지만 막상 살아 보면 어려운 일투성이다. 가끔 억울한 일도 겪는다. 그러나 살아가는 바탕에 선(善)이 자리하고 있다면 내 삶이 좀 더 나은 방향으로 흘러갈 것이라 믿는다.

처세에 정답은 없다. 그러나 선을 바탕으로 판단하고 살아가는 것, 이것이 결국 천기에 맞춰서 살아가는 방법이고 삶의 도처에서 우리를 노리고 있는 함정에 빠지지 않는 방법일 수도 있다.

말을 몰고 가네
석양을 밟으며

요즘은 옛날과 달라서 연애를 하는 연령대가 낮아졌다고 하
지만, 여전히 20대의 청춘들이 주류를 이루고 있는 것 같다.
딸아이들도 이 나이로 접어드니 남자 친구를 사귀고 있다.
다른 아빠들은 어떤지 모르겠는데 나는 딸아이들의 연애가
그다지 궁금하지 않다. 자기네들이 어련히 알아서 하겠지
생각하고 굳이 관심을 두지도 않는다.

　이렇게 말하면 주변 사람들은 "너는 자식한테 관심이 없
냐?" 또는 "자식을 사랑하지 않느냐?"라고 묻는다. 세상에
자식의 삶에 관심이 없거나 자식을 사랑하지 않는 부모가
어디 있겠나. 아무리 자식이라지만 애들한테도 사생활이 있
는데 굳이 그 영역에 들어가고 싶지 않을 뿐이다. 딸아이들
이 아빠의 생각이나 경험을 통해 얻고 싶은 게 있다는 생각
을 하고 먼저 물어보면 모를까 그렇지 않은데 내가 부모이

고 인생의 선배라는 이유로 내 생각을 이야기하는 건 관심이나 사랑이 아닌 간섭이라 보고 있다.

이런 생각을 지니고 살다 보니 가끔 또래들이나 어른들과 이야기를 나눌 때 불편한 일을 겪을 때가 종종 있다. 예를 들면 이런 거다. 누군가가 나한테 이렇게 묻는다.

"따님이 남자 친구 사귄다고 하는 소리를 들었을 때 좀 기분이 묘하지 않으셨어요?"

"묘할 거까진 없고 '이제 얘도 다 컸구나. 남자 친구를 다 사귀고' 이런 생각은 들었지요. 신기하기도 하고 그래요."

"아빠들은 딸이 남자 친구 데리고 오면 어색해 하고, 질투 같은 것도 한다던데 그렇지는 않았어요?"

"만나 본 적이 있는데요. 처음 보니까 초반엔 어색하죠. 그런데 왜 질투를 해요? 내가 딸하고 사귀는 것도 아닌데?"

이러면 대부분 내 말을 못 믿겠다는 반응을 보이면서 농담반 진담반으로 자기 생각을 강요하기 시작한다.

"에이, 아빠들은 딸 남자 친구한테 질투한다는데요 뭐. 딸을 뺏긴다는 생각이 들어서요. 작가님이라고 다를 게 있겠어요?"

여기까지 오면 아니라고 해도 소용이 없다. 그렇다고 하면 '거봐 그럴 거면서 뭘 자꾸 아무렇지도 않은 척하느냐'고 할 것이다. 이들은 처음부터 '아빠는 딸이 남자 친구를 데리

274

고 오면 어색해 하고, 그 남자 친구를 질투하는 사람'이라는
답을 정해 놓고 물었다고 볼 수밖에 없다. 왜 저런 생각을
할까? 저런 게 자연스럽다고 생각하는 것일까? 저래야 진짜
딸을 사랑하는 아빠가 되는 거라고 믿는 걸까? 알 수 없는
일이다.

딸아이들 남자 친구 하고 술을 한잔한 적이 있는데 질투
가 나기는커녕 재미있고 즐겁기만 했다. 자기네들 딴에 조
심한다고 고개를 돌려서 술을 마시고, 취했는데도 안 취한
척하면서 예의를 차리려 애쓰는 모습을 보면서 대견스럽다
는 생각도 들었다. '이렇게 나이 들면서 어른이 되고 사회인
이 되는 거지. 아니다. 얘들도 이미 나와 같은 어른이지 뭐'
라고 생각했다.

여기에서 그치지 않는다. 누군가는 또 말한다.

"말은 그렇게 아무렇지 않은 듯해도 막상 딸이 결혼한다
고 하면 생각이 달라질걸?"

"뭐가 달라져요?"

"애지중지 키운 딸을 남한테 준다는 생각이 들고, 이제
내 곁을 떠난다는 생각이 들면 섭섭하기도 하고 그럴 거야.
아직 딸을 안 보내 봐서 모르는 거야."

딸을 전송하고

노심초사 키운 내 딸 규방에 있었는데
다른 집에 보내니 효부가 되겠지
가게 되면 당연히 부모와 이별하고
오로지 한 마음으로 시부모 섬겨야지
산천이 얼은 때라 가기 어려워 걱정
부모 자식 이별하니 마음 아프다
눈보라 치는 숲속 길 따라
말을 몰고 가네 석양을 밟으며

勤斯育女在閨房(근사육녀재규방) 送與佗家作孝娘(송여타가작효낭)
有行固應辭父母(유행고응사부모) 專心惟可事尊章(전심유가사존장)
山川凍合憂難徹(산천동합우난철) 骨肉分張意自傷(골육분장의자상)
一路平林風雪裏(일로평림풍설리) 任敎歸馬踏斜陽(임교귀마답사양)
— 「送女(송녀)」, 『星湖全集(성호전집)』 권4

조선의 백과사전 『성호사설』을 쓴 학자 성호 이익의 시다.
옛날은 물론이고 근래에도 출가외인(出嫁外人, 시집간 딸은 바
깥사람)이라는 말은 여전히 영향력을 지니고 있다. 아니라고
생각하는가? 연령대를 특정하긴 어렵지만 오십 대 이상은

저렇게 생각하는 사람들이 많다.

여하튼 옛날엔 딸은 시집가면 남이라고 했다. 속으로는 어떤지 몰라도 겉으로는 다들 그렇게 말했고, 딸에게 시집을 가면 시집의 귀신이 되라고 했으며, 남편과 시부모를 하늘처럼 받들어야 한다고 했다. 이래서 선비들이 딸을 시집 보내며 써 놓은 시를 보면 대부분 시집가서 남편 말 잘 듣고 시부모님 잘 모시라는 내용으로 이루어져 있으며, 섭섭한 감정을 크게 드러내지 않았다.

이익의 시도 이와 같은 틀에서 벗어나고 있지는 않다. 효부가 되어야 하고, 부모와 이별을 하는 건 당연한 거고, 시부모를 잘 모셔야 한다. 규방(閨房, 여자가 사는 방)에서 노심초사하며 키운 것도 결국 좋은 며느리를 만들기 위해서였다. 그러나 이 시에는 다른 시에서 찾아보기 어려운 아빠의 딸을 향한 애틋한 사랑이 들어 있다. 요즘 시각으로 보면 당연하다 할 수도 있겠지만, 당시의 분위기를 감안하면 꽤 특별하다고 봐도 무방하다.

이 시의 마지막 네 구에서는 딸이 시집가는 날의 날씨와 풍경을 그려 놓았다. 겨울에 시집을 보내니 가는 길에 딸이 추위에 떨지 않을까 걱정이 된다. 가만히 있어도 겨울은 추운 법인데 거기에 눈보라까지 치는 길을, 밝은 낮도 아닌 저물녘에 간다. 딸과 작별하는 마음도 아픈데 보내는 길마저 좋지 않다. 있는 그대로의 풍경이지만 이 안에 이익의 애틋한 마음이 들어 있다.

이렇게 보면 나도 결국 이익처럼 저런 마음을 지니게 될 것 같다. 이익은 유학이 사회를 장악한 시대에 살았는데도 이처럼 애틋한 마음을 드러냈는데, 나는 유학적인 분위기 속에 사는 사람도 아니니 이익보다 더했으면 더했지 덜할 것 같지는 않다. 딸이 결혼하면 무슨 마음이 들까 생각해 보니 가슴이 조금은 울렁거린다.

"그것 봐. 너도 이런 생각이 들지? 딸을 시집보내는 날이 되면 섭섭해서 울지도 몰라."

그럴지도 모르겠다. 이익처럼 이제 내 딸이 남의 집에 시집가게 되니까 앞으로 보기 어려워질 거라는 생각에? 아니면 실컷 키워 놓으니까 어디서 이상한 놈이 나타나서 데리고 가 버리는 거에 일종의 상실감을 느껴서? 울어도 이런 이유 때문에 울 것 같지는 않다.

어린아이였을 때가 아직도 눈에 선하고 기억에 생생한데 벌써 이렇게 커서 결혼을 하는구나. 길지도 않지만 그렇다고 짧지도 않은 시간 동안 많은 일을 겪으며 잘 살아온 것도 다행스러운 일인데 이제 좋은 사람을 만나서 결혼까지 하게 되었구나. 이제는 우리 곁을 떠나 독립해서 가정을 꾸리는구나. 울어도 이런 마음으로 울 것 같다.

그것도 아니라고? 나이를 더 먹고 실제로 그날이 오면 다른 생각이 들게 될 거라고? 그건 그때 가서 생각해 보기로 한다. 무슨 생각이 어떻게 들더라도 한 가지 변하지 않는 게 있을 것이다. 나는 누구보다 내 딸을 사랑했고, 그때가 되어도 사랑하고 있을 것이고, 죽을 때까지 사랑할 거라는 사실 이다.

그래도 인생 별거 있다
한시에서 찾은 삶의 위로

김재욱 지음

초판 1쇄   2023년 7월 17일 발행

기획편집   배소라, 오현미
디자인   조주희
마케팅   최재희, 신재철, 김지효
인쇄   한영문화사

펴낸이   김현종
펴낸곳   (주)메디치미디어
경영지원   이도형, 이민주, 김도원
등록일   2008년 8월 20일 제300-2008-76호
주소   서울특별시 중구 중림로7길 4, 3층
전화   02-735-3308
팩스   02-735-3309
이메일   medici@medicimedia.co.kr
페이스북   facebook.com/medicimedia
인스타그램 @medicimedia
홈페이지   www.medicimedia.co.kr

ISBN   979-11-5706-296-6(03810)